母亲

丁帆 ⋯⋯ 编　老舍 等 ⋯⋯ 著

译林出版社

图书在版编目（CIP）数据

　　母亲／丁帆编；老舍等著．—南京：译林出版社，
2023.2
　　（百年名家散文经典）
　　ISBN 978-7-5447-9547-0

　　Ⅰ.①母…　Ⅱ.①丁…②老…　Ⅲ.①散文集－中国
－现代②散文集－中国－当代　Ⅳ.①I266

　　中国版本图书馆CIP数据核字（2022）第244592号

本书所涉部分作品版权由中国文字著作权协会代理，电话：010-65978905，
传真：010-65978926，E-mail: wenzhuxie@126.com。

母亲　丁帆／编　老舍 等／著

责任编辑　侯擎昊
装帧设计　吴　悠
校　　对　王　敏　梅　娟
责任印制　颜　亮

出版发行　译林出版社
地　　址　南京市湖南路1号A楼
邮　　箱　yilin@yilin.com
网　　址　www.yilin.com
市场热线　025-86633278
排　　版　南京展望文化发展有限公司
印　　刷　南京新世纪联盟印务有限公司
开　　本　850毫米×1168毫米 1/32
印　　张　7.625
插　　页　2
版　　次　2023年2月第1版
印　　次　2023年2月第1次印刷
书　　号　ISBN 978-7-5447-9547-0
定　　价　36.00元

编者序

丁　帆

父是天，母是地，
在苍茫的天地之间，只有他们才是
倦鸟归巢的枝头，躲避暴风雨的港湾。

父母在，才有家；有家在，方知福。

孔子曰：惟孝顺父母，可以解忧。

一个人的一生会有许许多多的遗憾与悔恨，但是最遗憾与悔恨的事情莫过于在父母走后才觉悟与忏悔尽孝不够。

父母活着的时候，我们似乎与其有着永无止境的怨怼与烦恼；当他们离我们而去的时候，我们才有痛失的顿悟。这是任何教育都无法解决的人生的悖论与困境。于是我们才有了许许多多的缅怀，许许多多蘸血的抒写，成为人世间感天动地的歌哭。只有在此时此刻，你才是一个完整的人，一个大写的人！

人们常说父爱如山，把父亲比喻成山，那是对他家庭责任感的礼赞，高大而巍峨，无言而深沉，沉默而凝重，铸就了父亲的伟岸形象；有人将父爱比喻成大海和草原，那是对他奉献精神的颂扬，广阔而辽远，无私而深邃，严酷而宽厚，那是男人胸前簇拥着的鲜花。

我以为，达·芬奇对父爱的评价是最高贵的："父爱可以牺牲自己的一切，包括自己的生命。"这并非意味着母爱就没有这样的奉献精神，为了自己的子女，母亲一样是可以献身的，只不过是说，父亲更加勇于担当，因为这是责任与职守使然。

但是，父爱是无言的，它往往是以一种行为方式予以呈现的，正如冰心所言："父爱是沉默的，如果你感觉到了那就不是父爱了。"在中国传统的旧式家庭教育中，父爱有时是严酷的，甚至是冷酷的，所谓"棒打出孝子"，便是一种扭曲的爱，"恨铁不成钢"和"望子成龙"是"拳脚相加"的注释，然而，一旦你成人后，尤其是你取得了些许成绩时，父亲就会从骨头里发出笑声，他们往往是皮肉不笑骨子里笑的典型人物。

狄更斯的名言"父亲，应该是一个气度宽大的朋友"正应验了中国的一句古谚："多年的父子成兄弟。"这应该是父亲和子女关系和睦的最高境界吧。

母爱如水，这是用来形容慈母的一句最恰当的词语，或许"柔情似水"并不是每一个母亲的性格特征，然而，每一个母亲的血脉里都流淌着慈祥的爱，即便是表现得十分变态或病态，她们仍然会在心底里疼爱着自己的骨肉，舐犊之情是一切动物的本性，更是母性动物的特性，何况人乎？亦如邓肯所说："母爱是多么强烈、自私、狂热地占据我们整个心灵的感情。"倘使我们能够在那种病态的行为举止当中，窥见背后人性的真相和母性的爱意，那么一切家庭中的恩怨都会化为乌有。

"世界上有一种最美丽的声音，那便是母亲的呼唤。"但丁的这句话道出了世间人们对母亲的尊崇，但愿苟活在这人世间的每一个人都能够听到这句天籁之声。

母亲的伟大并不是她的庄严与伟岸，恰恰是她的柔弱与纤细，呵护和弥合着人类在情感挫折后的心灵创伤，所以郑振铎才深有体会地说："成功的时候，谁都是朋友，但只有母亲——她是失败时的伴侣。"当你在人生逆境之中时，母亲的胸怀才是灵魂抚慰的栖居地。

"慈母手中线，游子身上衣。"这应该是把母亲与子女之间的关系准确表达出来的诗句，孩子走得再远，风筝飞得再高，都有一根牵动着他（它）灵魂之线的线束，否则一切将魂飞魄散。母亲永远都是护佑人类灵魂的图腾。

我们精选百年来名人书写父亲和母亲的文章，编定成书，一是想让那些失去父母的人在缅怀亲人的时候，更加坚强起来，在今后的岁月里，用自己的人格品行为子女做出表率，在人生的归途中留下可敬可爱的精神遗迹；二是想让那些父亲和母亲尚健在的人们，趁着这阳光灿烂的日子，为自己的父母双亲大人多尽孝道，不要待到亲人阴阳两隔之时，把终身的遗憾与悔恨带到天堂之中。

尽孝解忧乃养浩然之气之古训，亦是当今现代人寻觅幸福之事。

是为序。

目 录

先母行述
（一八七三——一九一八）

胡　适

　　先母冯氏，绩溪中屯人，生于清同治癸酉四月十六日，为先外祖振爽公长女。家世业农，振爽公勤俭正直，称于一乡；外祖母亦慈祥好善；所生子女禀其家教，皆温厚有礼，通大义。先母性尤醇粹，最得父母钟爱。先君铁花公元配冯氏遭乱殉节死，继配曹氏亦不寿，闻先母贤，特纳聘焉。

　　先母以清光绪己丑来归，时年十七。明年，随先君之江苏宦所。辛卯，生适于上海。其后先君转官台湾，先母留台二年。甲午，中东事起，先君遣眷属先归，独与次兄觉居守。割台后，先君内渡，卒于厦门，时乙未七月也。

　　先母遭此大变时，仅二十三岁。适刚五岁。先君前娶曹氏所遗诸子女，皆已长大。先大兄洪骏已娶妇生女，次兄觉及先三兄洪𫘧（孪生）亦皆已十九岁。先母内持家政，外应门户，凡十余年。以少年作后母，周旋诸子诸妇之间，其困苦艰难有非外人所能喻者。先母一一处之以至诚至公，子妇间有过失，皆容忍曲喻之；至不能忍，则闭户饮泣自责；子妇奉茶引过，始已。

先母自奉极菲薄，而待人接物必求丰厚；待诸孙皆如所自生，衣履饮食无不一致。是时一家日用皆仰给于汉口、上海两处商业，次兄觉往来两地经理之。先母于日用出入，虽一块豆腐之细，皆令适登记，俟诸兄归时，令检阅之。

先君遗命必令适读书。先母督责至严，每日天未明即推适披衣起坐，为缕述先君道德事业，言："我一生只知有此一个完全的人，汝将来做人总要学尔老子。"天明，即令适着衣上早学。九年如一日，未尝以独子有所溺爱也。及适十四岁，即令随先三兄洪驹至上海入学，三年始令一归省。人或谓其太忍，先母笑颔之而已。

适以甲辰年别母至上海，是年先三兄死于上海，明年乙巳先外祖振爽公卒。先母有一弟二妹，弟名诚厚，字敦甫，长妹名桂芬，次妹名玉英，与先母皆极友爱。长妹适黄氏，不得放翁姑。先母与先敦甫舅痛之，故为次妹择婿甚谨。先母有姑适曹氏，为继室；其前妻子名诚均者，新丧妇。先母与先敦甫舅皆主以先玉英姨与之，以为如此则以姑侄为姑媳，定可相安。先玉英姨既嫁，未有所出，而夫死。先玉英姨悲伤咯血，姑又不谅，时有责言，病乃益甚，又不肯服药，遂死。时宣统己酉二月也。

姨病时，先敦甫舅日夜往视，自恨为妹主婚致之死，悼痛不已，遂亦病。顾犹力疾料理丧事，事毕，病益不支，腹胀不消。念母已老，不忍使知，乃来吾家养病。舅居吾家二月，皆先母亲侍汤药，日夜不懈。

先母爱弟妹最笃，尤恐弟疾不起，老母暮年更无以堪；闻俗传割股可疗病，一夜闭户焚香祷天，欲割臂肉疗弟病。先敦甫舅卧厢室中，闻檀香爆炸，问何声。母答是风吹窗纸，令静卧勿扰。俟舅既睡，乃割左臂上肉，和药煎之。次晨，奉药进舅，舅得肉不能咽，复吐出，不知其为姊臂上肉也。先母拾肉，持出炙之，复问舅欲吃油炸锅巴否，因以肉杂锅巴中同进。然病终不愈，乃舁舅归家。先母随往看护。妗氏抚幼子，奉老亲；先母则日侍病人，不离床侧。已而先敦甫舅腹胀益甚，竟于己酉九月二十七日死，距先玉英姨死时，仅七阅月耳。

先是吾家店业连年屡遭失败，至戊申仅余汉口一店，已不能支持内外费用。己酉，诸兄归里，请析产，先母涕泣许之；以先长兄洪骏幼失学，无业，乃以汉口店业归长子，其余薄产分给诸子，每房得田数亩，屋三间而已。先君一生作清白吏，俸给所积，至此荡尽。先母自伤及身见家业零败，又不能止诸子离异，悲愤咯血。时先敦甫舅已抱病，犹力疾为吾家理析产事。事毕而舅病日深，辗转至死。先母既深恸弟妹之死，又伤家事衰落，隐痛积哀，抑郁于心；又以侍弟疾劳苦，体气寖衰，遂得喉疾，继以咳嗽，转成气喘。

时适在上海，以教授英文自给，本拟次年庚戌暑假归省；及明年七月，适被取赴美国留学，行期由政府先定，不及归别，匆匆去国。先母眷念游子，病乃日深。是时诸兄虽各立门户，然一切亲戚庆吊往来，均先母一身搘拄其间。适远在异国，初尚能节学费，卖文字，略助家用。其后学课益繁，乃并此亦不能得。家中日用皆取给于借贷。先母于此六七年中，所尝艰苦，笔难尽述。适至今闻邻里言之，犹有余痛也。

辛亥之役，汉口被焚，先长兄只身逃归，店业荡然。先母伤感，病乃益剧。然终不欲适辍学，故每寄书，辄言无恙。及民国元二年之间，病几不起。先母招照相者为摄一影，藏之，命家人曰："吾病若不起，慎勿告吾儿；当仍倩人按月作家书，如吾在时。俟吾儿学成归国，乃以此影与之。吾儿见此影，如见我矣。"已而病渐愈，亦终不促适归国，适留美国七年，至第六年后始有书促早归耳。

民国四年冬，先长姊与先长兄前后数日相继死。先长姊名大菊，年长于先母，与先母最相得。先母尝言："吾家大菊可惜不是男子。不然，吾家决不至此也。"及其死，先母哭之恸。又念长嫂二子幼弱无依，复令与己同爨。先三兄洪駓出嗣先伯父，死后三嫂守节抚孤，先母亦令同居。盖吾家分后，至是又几复合。然家中担负日增，先母益劳悴，体气益衰。

民国六年七月，适自美国归。与吾母别十一年矣。归省之时，慈怀甚慰，病亦稍减。不意一月之后，长孙思明病死上海。先长兄遗二子，长即思明，次思齐，八岁忽成聋哑。先母闻长孙死耗，悲感无已。适归国后，即任北京大学教授；是年冬，归里完婚，婚后复北去，私心犹以为先母方在中年，承欢侍养之日正长；岂意先母屡遭患难，备尝劳苦，心血亏竭，体气久衰，又自奉过于俭薄，无以培补之；故虽强自支撑，以慰儿妇，然病根已深，此别竟成永诀矣。

　　溯近年先母喘疾，每当冬春二季辄触发，发甚或至呕吐。夏秋气候暖和，疾亦少间。今冬（七年）旧疾初未大发，自念或当愈于往岁。不料新历十一月十一日先母忽感冒时症，初起呕逆咳嗽，不能纳食；比即延医服药，病势尚无出入；继被医者误投"三阳表劫"之剂，心烦自汗，顿觉困惫；及请他医诊治，病已绵惙，奄奄一息，已难挽回；遂于十一月二十三日晨一时，弃适等长逝，享年仅四十有六岁。次日，适在京接家电，以道远，遂电令侄思永、思齐等先行闭殓，即与妻江氏，及侄思聪，星夜奔归。归时，殓已五日矣。

　　先母所生，只适一人，徒以爱子故，幼岁即令远出游学；十五年中，侍膝下仅四五月耳。生未能养，病未能侍，毕世劬劳未能丝毫分任，生死永诀乃亦未能一面。平生惨痛，何以加此！伏念先母一生行实，虽纤细琐屑不出于家庭闾里之间，而其至性至诚，有宜永存而不朽者，故粗叙梗概，随讣上闻，伏乞矜鉴。

　　（此篇因须在乡间用活字排印，故不能不用古文。我打算将来用白话为我的母亲做一篇详细的传。）

1921年6月25日

出自胡适：《胡适文存·第一集》
远东图书公司1985年版

芭蕉花

郭沫若

这是我五六岁时的事情了。我现在想起了我的母亲，突然记起了这段故事。

我的母亲六十六年前是生在贵州省黄平州的。我的外祖父是当时黄平州的州官。到任不久，便遇到苗民起事，致使城池失守，外祖父手刃了四岁的四姨，在公堂上行了自尽。外祖母和七岁的三姨跳进州署里面的池塘里殉了节，所用的男工女婢也大都殉了。只有我们的母亲那时才满一岁，忠义的刘奶妈把我们的母亲背着逃难出来，在途中遇着过两次的匪难，第一次被劫去了金银首饰，第二次被劫去了衣裳。忠义的刘奶妈在农人家里讨了些稻草来遮身，仍然背着母亲逃难。逃到后来遇着赴援的官军才得了解救。最初流到贵州省城，其次又流到云南省城，倚人庐下，受了种种的虐待，但是忠义的刘奶妈始终是保护着我们的母亲。直到母亲满了四岁了，大舅赴黄平收尸，便道往云南，才把母亲和刘奶妈带回了四川。

母亲在幼年时分便是遭着这样的不幸的人。

母亲在十五岁的时候便到了我们家里来，我们现存的兄弟姊妹共有八人，听说还死了一兄三姐，那时候我们的家道寒微，一切炊洗洒扫要和妯娌分担，母亲又多子息，更受了不少的累赘。

白日里家务奔忙，到晚来背着弟弟在菜油灯下洗尿布的光景，我在小时还亲眼见过，我至今也还记得。

母亲因为这样过于劳苦的缘故，身子是异常衰弱的。每年到交秋的时候，总要晕倒一回，在旧时称为"晕病"，但在现在想来，这只是在产褥中，因为摄养不良的关系，所生出的子宫病罢了。

晕病发了的时候，母亲倒睡在床上，终日只是呻吟呕吐，饭不消说是不能吃的，有时候连茶也几乎不能进口。像这样要经过两个礼拜的光景，又才渐渐回复起来，完全是害了一场大病一样。

芭蕉花的故事便是和这晕病关联着的。

在我们四川的乡下，相传这芭蕉花是治晕病的良药。母亲发了病时，我们便要四处托人去购买芭蕉花。但这芭蕉花是不容易购买的。因为芭蕉在我们四川很不容易开花，开了花时乡里人都视为祥瑞，不肯轻易摘卖。好容易买得了一朵芭蕉花了，在我们小的时候，要管两只肥鸡的价钱呢。

芭蕉花买来了，但是花瓣是没有用的，可用的只是瓣里的蕉子。蕉子在已经形成了果实的时候也是没有用的，中用的只是蕉子几乎还是雌蕊的状态的时候。一朵花上实在是采不出许多的这样的蕉子来。

这样的蕉子是一点也不好吃的，我们吃过香蕉的人，如以为吃那蕉子怕会和吃香蕉一样，那是大错而特错的了。有一回母亲吃蕉子的时候，在床边上夹过一箸给我，简直是涩得不能入口呢。

芭蕉花的故事便是和我母亲的晕病关联着的。

我们四川人大约是外省人居多，在张献忠剿了四川以后——我们四川人有句话说："张献忠剿四川，杀得鸡犬不留。"——在清初时期好像有一个很大的移民运动。外省籍的四川人各有各的会馆，便是极小的乡镇也都是有的。

我们的祖宗原是福建的人，在汀州府的宁化县，听说还有我们的同族住在那里。我们的祖宗正是在清初时分入了四川的，卜居在峨眉山下一个小小的村里。我们福建人的会馆是天后宫，供的是一位女神叫着"天后圣母"。这天后宫在我们村里也是有一座的。

那是我五六岁时候的事情了，我们的母亲又发了晕病了。我同我的二哥，他比我要大四岁，同到天后宫去。那天后宫离我们家里不过半里路光景。里面有一座散馆，是福建人子弟读书的地方。我们去的时候散馆已经放了假了，大概是中秋前后了。我们隔着窗看见散馆园内的一簇芭蕉。其中有一株刚好开着一朵黄花，就像尖瓣的莲花一样。我们是欢喜极了。那时候我们家里正在找芭蕉花，但四处都找不出来。我们商量着便翻过窗去摘取那朵花苞。窗子也不过三四尺高的光景，但我那时还不能翻过，是我二哥擎我过去的。我们两人好容易把花苞摘了下来，二哥怕人看见，他把花藏在衣袂下同路回去。回到家里了，二哥叫我把花苞拿去献给母亲。我捧着走到母亲的床前，母亲问我是从什么地方拿来的，我便直说是在天后宫掐来的。但我母亲听了竟大发起了雷霆，她立地叫我们跪在床前，只是连连叹气地说："啊，我生下了你们这样不争气的孩子，为娘的倒不如病死的好了！啊！"我们都哭了起来，但我也不知为什么事情要哭。不一会父亲也晓得了，他又把我们拉去跪在大堂上的祖宗面前打了我们一阵。我挨掌心是这一回才开始的，我至今也还记得呢。

我一面挨打，一面伤心，但我不知道为什么会讨我父亲母亲的气。母亲病了要吃芭蕉花，在别处园子里去掐了一朵回来，为什么就犯了这样大的过错呢？

芭蕉花没有用，抱去奉还了天后圣母，大约是在圣母的神座前干掉了吧？

这样的一段故事，我现在一想到母亲，无端地便涌上了心来。我现在离家已十二三年，值此新秋，又是风雨飘摇的深夜，天涯羁客不胜落寞的情怀，思念着母亲，我一阵阵鼻酸眼胀。

啊，母亲，我慈爱的母亲哟！你儿子已经到了中年，在海外已自娶妻生子了。幼年时摘取芭蕉花的故事，为什么使我父亲使我母亲那样地伤心，我现在是早已知道了。但是，我正因为知道了这个原因，竟失掉了我摘取芭蕉花的自信和勇气，我和我的妻儿已经吃了三个月的麦饭了。

1924年8月20日夜写于福冈

原载《晨报副刊》，1925年4月1日

疲倦的母亲

许地山

那边一个孩子靠近车窗坐着：远山，近水，一幅一幅，次第嵌入窗户，射到他的眼中。他手画着，口中还咿咿呀呀地，唱些没字曲。

在他身边坐着一个中年妇人，支着头瞌睡。孩子转过脸来，摇了她几下，说："妈妈，你看看，外面那座山很像我家门前的呢。"

母亲举起头来，把眼略睁一睁；没有出声，又支着头睡去。

过一会，孩子又摇她，说："妈妈，不要睡吧，看睡出病来了。你且睁一睁眼看看外面八哥和牛打架呢。"

母亲把眼略略睁开，轻轻打了孩子一下；没有做声，又支着头睡去。

孩子鼓着腮，很不高兴。但过一会，他又唱起来了。

"妈妈，听我唱歌吧。"孩子对着她说了，又摇她几下。

母亲带着不喜欢的样子说："你闹什么？我都见过，都听过，都知道了，你不知道我很疲乏，不容我歇一下么？"

孩子说："我们是一起出来的，怎么我还顶精神，你就疲乏起来？难道大人不如孩子么？"

车还在深林平畴之间穿行着。车中的人，除那孩子和一二个旅客以外，少有不像他母亲那么酣睡的。

出自落华生（许地山）:《空山灵雨》
商务印书馆1927年版

疲倦的母亲

母亲的时钟

鲁　彦

　　二十几年前，父亲从外面带了一架时钟给母亲：一尺多高，上圆下方，黑紫色的木框，厚玻璃面，白底黑字的计时盘，盘的中央和边缘镶着金漆的圆圈，底下垂着金漆的钟摆，钉着金漆的铃子，铃子后面的木框上贴着彩色的图画——是一架堂皇而且美丽的时钟。那时这样的时钟在乡里很不容易见到；不但我和姊姊非常觉得希奇，就连母亲也特别喜欢它。

　　她最先把那时钟摆在床头的小橱上，只允许我们远望，不许我们走近去玩弄。我们爱看那钟摆的晃摇和长针的移动，常常望着望着忘记了读书和绣花。于是母亲搬了一个坐位，用她的身子挡住了我们的视线，说：

　　"这是听的，不是看的呀！等一会又要敲了，你们知道呆看了多少时候吗？"

　　我们喜欢听时钟的敲声，常常问母亲：

　　"还不敲吗，妈？你叫它早点敲吧！"

　　但是母亲望了一望我们的书本和花绷，冷淡地回答说：

　　"到了时候，它自己会敲的。"

　　钟摆不但自己会动，还会得得地响下去，我们常常低低地念着它的次数；但母亲一看见我们嘴唇的翕动，就生起气来。

"你们发疯了！它一天到晚响着，你们一天到晚不做事情吗？我把它停了，或是把它送给人家去，免得害你们吧！……"

但她虽然这样说，并没把它停下，也没把它送给人家。她自己也常常去看那钟点，天天把它揩得干干净净。

"走路轻一点！不准跳！"她几次对我们说，"震动得厉害，它会停止的！"

真的，母亲自从有了这架时钟以后，她自己的举动更加轻声了。她到小橱上去拿别的东西的时候，几乎忍住了呼吸。

这架时钟开足后可以走上一个星期。不知母亲是怎样记得的。每次总在第七天的早晨不待它停止，就去开足了发条。和时钟一道，父亲带回家来的，还有一个小小的日晷。一遇到天气好太阳大，母亲就在将到正午的时候，把它放在后院子的水缸盖上。她不会看别的时刻，只知道等待那红线的影子直了，就把时钟纠正为十二点。随后她收了那日晷，把它放在时钟的玻璃门内。我们也喜欢那日晷，因为它里面有一颗指南针，跳动得怪好看。但母亲连这个也不许我们玩弄。

"不是玩的！"她说，"太阳立刻就下山了，还不赶快做你们的事吗？……"

这在我们简直是件苦恼的事情。自从有了时钟以后，母亲对我们的监督愈加严了。她什么事情都要按着时候，甚至是早起、晚睡和三餐的时间。

冬天的日子特别短，天亮得迟黑得早。母亲虽然把我们睡眠的时间略略改动了些，但她自己总是照着平时的时间。大冷天，天还未亮，她起来了。她把早饭煮好，房子收拾干净，拿着火炉来给我们烘衣服，催我们起床的时候，天才发亮，而我们也正睡得舒服，怕从被窝里钻出来的当儿。

"立刻要开饭了，不起来没有饭吃！"

她说完话就去预备碗筷。等我们穿好衣服，脸未洗完，她已经把饭菜摆在桌上。倘若我们不起来，她是决不等待我们的，从此要一直饿到中午，而且她半天不理睬我们。

每次当她对我们说几点钟的时候，我们几乎都起了恐惧，因为她把我们一切都用时间来限制，不准我们拖延。我们本来喜欢那架时钟的，以后却渐渐对它憎恶起来了。

"停了也好，坏了也好！"我们常常私自说。

但是它从来不停，也从来不坏。而且过了两三年，我们家里又加了一架时钟了。

那是我们阴配的嫂嫂的嫁妆。它比母亲的那架更时新，更美观，声音也更好听。它不用铃子，用的钢条圈，敲起来声音洪亮而且余音不绝。

我们喜欢这一架，因为它还有两个特点：比母亲的那架走得慢，也常常走不到一星期就停了下来。

但母亲却喜欢旧的一架。她把新的放在门边的琴桌上，把揩抹和开发条的事情派给了姊姊。她屡次看时刻却走到自己的床边望那架旧的。

"你喜欢这一架，"母亲对姊姊说，"将来就给你做嫁妆吧。当然，这一架样子新，也值钱些。"

我想姊姊当时听了这话应该是高兴的。但我心里却很不快活。我不希望母亲永久有一架那样准确而耐用的时钟。

那时钟，到得后来几乎代替了母亲的命令了。母亲不说话，它也就下起命令来，我们正睡得熟，它叮叮地叫着逼迫我们起床了；我们正玩得高兴，它叮叮地叫着，逼迫我们睡觉了；我们肚子不饿，它叫我们吃饭，肚子饿了，它不叫我们吃饭……

我们喜欢的是要快就快，要慢就慢，要走就走，要停就停的时钟。

姊姊虽然有幸，将得到一架那样的时钟，但在出嫁前两三个月，母亲忽然要把它修理了。

"好看只管好看，乱时辰是不行的，"她对姊姊说，"你去做媳妇，比不得在家里做女儿，可以糊里糊涂，自由自在呀。"

不知怎样，她竟打听出来了一个会修时钟的人，把他从远处请到家里，将那架新的拆开来，加了油，旋紧了某一个螺丝钉，弄了大半天。母亲请他吃了一顿饭，还用船送他回去。

于是姊姊的那架时钟果然非常准确了，几乎和母亲的一模一样。这在她是祸是福，我不知道。只记得她以后不再埋怨时钟，而且每次回到家里来，常常替代母亲把那架旧的用日晷来对准；同时她也已变得和母亲一样，一切都按照着一定的时间了。

我呢，自从第一次离开故乡后，也就认识了时钟的价值，知道了它对于人生的重大的意义，早已把憎恶它的心思一变而为喜爱的了。因为大的时钟不合用，我曾经买过许多挂表：既便于携带，式样又美观，价钱又便宜。

我记得第一次随身带着回家的是一只新出的夜明表，喜欢得连半夜醒来也要把它从枕头下拿来观看一番的。

"你看吧，妈，我这只表比你那架旧钟有用得多了，"我说着把它放在母亲的衣下，"黑角里也看得见，半夜里也看得见呢！"

但是母亲却并不喜欢。她冷淡地回答说：

"好玩罢了，并且是哑的。要看谁走得准，走得久呀。"

我本来是不喜欢那架旧钟的，现在给她这么一说，我愈加发现它的缺点了：式样既古旧，携带又不便利，而且摆置得不平稳或者稍受震动就会停止；到了夜里，睡得正甜蜜的时候，有时它叮叮敲着把人惊醒了过来，反之醒着想知道什么时候，却须静候到一个钟头才能听到它的报告。然而母亲却看不起我的新置的完美的挂表，重视着那架不合用的旧钟。这真使我对它发生更不快的感觉。

幸而母亲对我的态度却改变了。她现在像把我当作了客人似的，每天早晨并不催我起床，也并不自己先吃饭，总是等待着我，一直到饭菜冷了再暖过一遍。她自己是仍按着时间早起，按着时间煮饭的，但她不再命令我依从她了。

"总要早起早睡。"她偶然也在无意中提醒我，而态度是和婉的。

然而我始终不能依从她的愿望。我的习惯一年比一年坏了：起来得愈迟，睡得也愈迟，一切事情都漫无时间。我先后买过许多表，的确都是不准确，也不耐久的；到得后来，索性连这一类表也没用处了。

但母亲却依然保留着她那架旧钟：屋子被火烧掉了，她抢出了那架旧钟；几次移居到上海，她带着那架旧钟。

"给你买一架新的吧，不必带到上海去。"我说。母亲摇一摇头：

"你们用新的吧，我还是要这架用惯了的。"

到了上海，她首先拿出那架旧钟来，摆在自己的房里，仍是自己管理它。

它和海关的钟差不多准确，也不需要修理添油。只是外面的样子渐渐老了：白底黑字的计时盘这里那里起了斑疤，金漆也一块块地剥落了。

至于母亲，自从父亲去世后也就得了病，愈加老得快，消瘦下来，没有精力做事情。

"吃现成饭了，"她说，"一切由你们吧。"

她把家里的事情全交给了我和妻，常常躺在床上睡觉。

但是她早起的习惯没有改。天才一亮，她就起床了。她很容易饿，我们吃饭的时间就不得不和她分了开来。常常我们才吃过早饭，她就要吃中饭。她起初也等待我们，劝我们，日子久了，她知道没办法，便径自先吃了。

“一天到晚，只看见开饭，”她不高兴的时候，说，“我还是住在乡下好，这里看不惯！”

真的，她现在不常埋怨我们，可是一切都使她看不惯，她说要住在乡下去，立刻就要走的，怎样也留她不住。

“乡下冷清清的没有亲人。”我说。

“住惯了的。”

“把你顶喜欢的子孙带去吧。”

但是她不要。她只带着她那架旧钟回去。第二次再来上海时，仍带着那架旧钟。第三次，第四次……都是一样。

去年秋季，母亲最后一次离开了她所深爱的故乡。她自知身体衰弱到了极度，临行前对人家说：

“我怕不能再回来了。上海过老，也好的，全家在眼前……”

这一次她的行李很简单，一箱子的寿衣，一架时钟。到得上海，她又把那时钟放在她自己的房里。

果然从那时起，她起床的时候愈加少了，几乎一天到晚都躺在床上，而且不常醒来。只有天亮和三餐的时间，她还是按时地醒了过来。天气渐渐冷下来，母亲的病也渐渐沉重起来，不能再按时去开那架时钟，于是管理它的责任便到了我们的手里。但我们没有这习惯，常常忘记去开它，等到母亲说了几次停了，我们才去开足它的发条，而又因为没有别的时间，常常无法纠正它，使它准确。

“要在一定时候开它，”母亲告诉我们说，“停久了，就会坏的，你们且搬到自己的房里去吧，时时看见它就不会忘记了。"

我们依从母亲的话，便把她的时钟搬到了楼上房间里。几个月来，它也很少停止，因为一听到它的敲声的缓慢无力，我们便预先去开足了发条。

但是在母亲去世的一个月里，我们忽然发现母亲的时钟异样了：明明是才开足二三天，敲声也急促有力，却在我们不注意中停止了。我们起初怀疑没放得平稳，随后以为是孩子们奔跳所震动，可是都不能证实。

不久，姊姊从故乡来了。她听到时钟的变化，便失了色，绝望地摇一摇头，说：

"妈的病不会好了，这是个不吉利的预兆……"

"迷信！"我立刻截断了她的话。

过了几天，我忽然发现时钟又停止了。是在夜里三点钟。早晨到楼下去看母亲，母亲说话的声音特别低了，问她老是无力回答。到了下半天，我们都在她床边侍候着，她昏昏沉沉睡着，很少醒来。我们喊了许久，问她要不要喝水，她微微摇一摇头，非常低声地说：

"不要喊我……"

我们知道她醒来后是感到身体的痛苦的，也就依从着她的话，让她安睡着。这样一直到深夜，我们看见她低声哼着，想转侧转不过来，便喂了她一点点汤水，问她怎样。

"比上半夜难过……"她低声回答我们。

我觉得奇怪，怀疑她昏迷了。我想，现在不就是上半夜吗，她怎么当作了下半夜呢？我连忙走到楼上，却又不禁惊讶起来：

原来母亲的时钟已经过了一点钟了。

我不明白，母亲是怎样听见楼上的钟声的。楼下的房子既高，楼板又有二层。自从她的时钟搬到楼上后，她曾好几次问过我们钟点。前后左右的房子空的很多，贴邻的一家，平常又没听见有钟声。附近又没有报时的鸡啼。这一夜母亲的房子里又相当不静寂，姊姊在念经，女工在折锡箔，间而夹杂着我们的低语声、走动声。母亲怎样知道现在到了下半夜呢？

是母亲没有忘记时钟吗？是时钟永久跟随着母亲吗？我想问母亲，但是母亲不再说话了。一点多钟以后她闭上了眼睛，正是头一天时钟自动地静默下来的那时光。

失却了一位这样的主人，那架古旧的时钟怕是早已感觉到存在的悲苦了吧？唉……

原载《文丛》，1937年第1卷第2期

最初的回忆

巴　金

"这个娃娃本来是给你的弟媳妇的，因为怕她不会好好待他，所以送给你。"

这是母亲在她的梦里听见的"送子娘娘"说的话。每当晴明的午后，母亲在她那间朝南的屋子里做针线的时候，她常常对我们弟兄姊妹（或者还有老妈子在场）叙述她这个奇怪的梦。

"第二天就把你生下来了。"

母亲抬起她的圆圆脸，用爱怜横溢的眼光看我，我那时站在她的身边。

"想不到却是一个这样淘气娃娃！"

母亲微微一笑，我们也都笑了。

母亲很爱我。虽然她有时候笑着说我是淘气的孩子，可是她从来没有骂过我。她让我在温柔、和平的气氛中度过了我的幼年时代。

一张温和的圆圆脸，被刨花水抿得光光的头发，常常带笑的嘴。淡青色湖绉滚宽边的大袖短袄，没有领子。

我每次回溯到我的最远的过去，我的脑子里就浮现了母亲的面颜。

我的最初的回忆是跟母亲分不开的。我尤其不能忘记的是母亲的温柔的声音。

我四五岁的光景，跟着母亲从成都到了川北的广元县，父亲在那里做县官。

衙门，很大一个地方，进去是一大块空地，两旁是监牢，大堂，二堂，三堂，四堂，还有草地，还有稀疏的桑林，算起来大概有六七进。

我们住在三堂里。

最初我同母亲睡，睡在母亲那张架子床上。热天床架上挂着罗纹帐子或者麻布帐子，冷天挂着白布帐子。帐子外面有微光，这是从方桌上那盏清油灯的灯草上发出来的。

清油灯，长的颈项，圆的灯盘，黯淡的灯光，有时候灯草上结了黑的灯花，必剥必剥地燃着。

我睡在被窝里，常常想着"母亲"这两个字的意义。

白天，我们在书房里读书，地点是在二堂旁边。窗外有一个小小的花园。

先生是一个温和的中年人，面貌非常和善。他有时绘地图。他还会画铅笔画。他有彩色铅笔，这是我们最羡慕的。

学生是我的两个哥哥、两个姐姐和我。

一个老书僮服侍我们。这个人名叫贾福，六十岁的年纪，头发已经白了。

在书房里我早晨认几十个字，下午读几页书，每天很早就放学出来。三哥的功课比我的稍微多一点，他比我只大一岁多。

贾福把我们送到母亲的房里。母亲给我们吃一点糖果。我们在母亲的房里玩了一会儿。

"香儿。"三哥开始叫起来。

我也叫着这个丫头的名字。

一个十二三岁的瓜子脸的少女跑了进来，露着一脸的笑容。

"陪我们到四堂后面去耍！"

她高兴地微笑了。

"香儿，你小心照应他们！"母亲这样吩咐。

"是。"她应了一声，就带着我们出去了。

我们穿过后房门出去。

我们走下石阶，就往草地上跑。

草地的两边种了几排桑树，中间露出一条宽的过道。

桑叶肥大，绿阴阴的一大片。

两三只花鸡在过道中间跑。

"我们快来拾桑果！"

香儿带笑地牵着我的手往桑树下面跑。

桑葚的甜香马上扑进了我的鼻子。

"好香呀！"

满地都是桑葚，深紫色的果子，有许多碎了，是跌碎了的，是被鸡的脚爪踏坏了的，是被鸡的嘴壳啄破了的。

到处是鲜艳的深紫色的汁水。

我们兜起衣襟，躬着腰去拾桑葚。

"真可惜！"香儿一面说，就拣了几颗完好的桑葚往口里送。

我们也吃了几颗。

我看见香儿的嘴唇染得红红的，她还在吃。

三哥的嘴唇也是红红的，我的两手也是。

"看你们的嘴！"

香儿扑嗤笑起来。她摸出手帕给我们揩了嘴。

"手也是。"

她又给我们揩了手。

"你自己看不见你的嘴？"三哥望着她的嘴笑。

在后面四堂里鸡叫了。

"我们快去找鸡蛋！"

香儿连忙揩了她的嘴，就牵起我的手往里面跑。

我们把满兜的桑葚都倒在地上了。

我们跑过一个大的干草堆。

草地上一只麻花鸡伸长了颈项得意地在那里一面走，一面叫。

我们追过去。

这只鸡惊叫地扑着翅膀跳开了。别的鸡也往四面跑。

"我们看哪一个先找到鸡蛋？"

香儿这样提议。结果总是她找到了那个鸡蛋。

有时候我也找到的，因为我知道平时鸡爱在什么地方下蛋。

香儿虽然比我聪明，可是对于鸡的事情我知道的就不比她少。

鸡是我的伴侣。不，它们是我的军队。

鸡的兵营就在三堂后面。

草地上两边都有石阶，阶上有房屋，阶下就种桑树。

左边的一排平房，大半是平日放旧家具等等的地方。最末的一个空敞房间就做了鸡房，里面放了好几只鸡笼。

鸡的数目是二十几只，我给它们都起了名字。

大花鸡，这是最肥的一只，松绿色的羽毛上加了不少的白点。

凤头鸡，这只鸡有着灰色的羽毛，黑的斑点，头上多一撮毛。

麻花鸡，是一只有黑黄色小斑点的鸡。

小凤头鸡比凤头鸡身子要小一点。除了头上多一撮毛外，它跟普通的母鸡就没有分别。

乌骨鸡，它连脚、连嘴壳，都是乌黑的。

还有黑鸡、白鸡、小花鸡……各种各类的名称。

每天早晨起床以后，洗了脸，我就叫香儿陪我到三堂后面去。

香儿把鸡房的门打开了。

我们揭起了每一只鸡笼。我把一只一只的鸡依着次序点了名。

"去吧，好好地去耍！"

我们撒了几把米在地上，让它们围着啄吃。

我便走了，进书房去了。

下午我很早就放学出来，三哥有时候比较迟一点放学。

我一个人偷偷地跑到四堂后面去。

我睡在高高的干草堆上。干草是温暖的，我觉得自己好像睡在床上。

温和的阳光爱抚着我的脸，就像母亲的手在抚摩。

我半睁开眼睛，望着鸡群在下面草地上嬉戏。

"大花鸡，不要叫！再叫给别人听见了，会把鸡蛋给你拿走的。"

那只大花鸡得意地在草地上踱着，高声叫起来。我叫它不要嚷，没有用。

我只得从草堆上爬下来，去拾了鸡蛋揣在怀里。大花鸡爱在草堆里生蛋，所以我很容易地就找着了。

鸡蛋还是热烘烘的，上面粘了一点鸡毛，是一个很可爱的大的鸡蛋。

或者小凤头鸡被麻花鸡在翅膀上啄了一下就跑开了。我便吩咐它：

"不要跑呀！喂，小凤头鸡，你怕麻花鸡做什么？"

有时候我同三哥在一起，我们就想出种种方法来指挥鸡群游戏。

我们永远不会觉得寂寞。

傍晚吃过午饭后（我们就叫这作午饭），我等到天快要黑了就同三哥一起，叫香儿陪着，去把鸡一一地赶进了鸡房，把它们全照应进了鸡笼。

我又点一次名，看见不曾少掉一只鸡，这才放了心。

有一天傍晚点名的时候，我忽然发觉少了一只鸡。

我着急起来，要往四堂后面去找。

"太太今天吩咐何师傅捉去杀了。"香儿望着我笑。

"杀了？"

"你今天下午没有吃过鸡肉吗？"

不错，我吃过！那碗红烧鸡，味道很不错。

我没有话说了。心里却有些不舒服。

过了三四天，那只黑鸡又不见了。

点名的时候，我望着香儿的笑脸，气得流出眼泪来。

"都是你的错！你坏得很！他们捉鸡去杀，你晓得，你做什么不跟我说？"

我捏起小拳头要打香儿。

"你不要打我，我下次跟你说就是了。"香儿笑着向我告饶。

然而那只可爱的黑鸡的影子我再也看不见了。

又过了好几天，我已经忘掉了黑鸡的事情。

一个早上，我从书房里放学出来。

我走过石栏杆围着的长廊，在拐门里遇见了香儿。

"四少爷，我正在等你！"

"什么事情？"

我看见她着急的神气，知道有什么大事情发生了。

"太太又喊何师傅杀鸡了。"

她拉着我的手往里面走。

"哪一只鸡？快说。"我睁着一对小眼睛看她。

"就是那只大花鸡。"

大花鸡，那只最肥的，松绿色的羽毛上长着不少白色斑点。我最爱它！

我马上挣脱香儿的手，拼命往里面跑。

我一口气跑进了母亲的房里。

我满头是汗，我还在喘气。

母亲坐在床头椅子上。我把上半身压着她的膝头。

"妈妈，不要杀我的鸡！那只大花鸡是我的！我不准人家杀它！"

我拉着母亲的手哀求。

"我说是什么大事情！你这样着急地跑进来，原来是为着一只鸡。"

母亲温和地笑起来，摸出手帕给我揩了额上的汗。

"杀一只鸡，值得这样着急吗？今天下午做了菜，大家都有吃的。"

"我不吃，妈，我要那只大花鸡，我不准人杀它。那只大花鸡，我最爱的……"

我急得哭了出来。

母亲笑了。她用温和的眼光看我。

"痴儿，这也值得你哭？好，你喊香儿陪你到厨房里去，喊何厨子把鸡放了，由你另外拣一只鸡给他。"

"那些鸡我都喜欢。随便哪只鸡，我都不准人家杀！"我依旧拉着母亲的手说。

"那不行，你爹吩咐杀的。你快去，晚了，恐怕那只鸡已经给何厨子杀了。"

提起那只大花鸡，我忘掉了一切。我马上拉起香儿的手跑出了母亲的房间。

我们气咻咻地跑进了厨房。

何厨子正把手里拿着的大花鸡往地上一掷。

"完了，杀死了。"香儿叹口气，就呆呆地站住了。

大花鸡在地上扑翅膀，松绿色的羽毛上染了几团血。

我跑到它的面前，叫了一声"大花鸡"！

它闭着眼睛，垂着头，在那里乱扑。身子在肮脏的土地上擦来擦去。颈项上现出一个大的伤口，那里面还滴出血来。

我从没有见过这样的死的挣扎！

我不敢伸手去挨它。

"四少爷，你哭你的大花鸡呀！"这是何厨子的带笑的声音。

他这个凶手！他亲手杀死了我的大花鸡。

我气得全身发抖。我的眼睛也模糊了。

我回头拔步就跑，我不顾香儿在后面唤我。

我跑进母亲的房里，就把头放在她的怀中放声大哭：

"妈妈，把我的大花鸡还给我！……"

母亲温柔地安慰我，她称我作痴儿。

为了这件事，我被人嘲笑了好些时候。

这天午饭的时候，桌子上果然添了两样鸡肉做的菜。我望着那两个菜碗，就想起了大花鸡平日得意地叫着的姿态。

我始终不曾在菜碗里下过一次筷子。

晚上杨嫂安慰我说，鸡被杀了，就可以投生去做人。

她又告诉我，那只鸡一定可以投生去做人，因为杀鸡的时候，袁嫂在厨房里念过了"往生咒"。

我并不相信这个老妈子的话，因为离现实太远了，我看不见。

"为什么做了鸡，就该被人杀死做菜吃？"

我这样问母亲，得不着回答。

我这样问先生，也得不着回答。

问别的人，也得不着回答。

别人认为是很自然的事情，我却始终不懂。

对于别人，鸡不过是一只家禽。对于我，它却是我的伴侣，我的军队。

我的一个最好的兵就这样地消失了。

从此我对于鸡的事情，对于这种为了给人类做食物而活着的鸡的事情，就失掉了兴趣。

不过我还在照料那些剩余的鸡，虽然它们先后做了菜碗里的牺牲品，连凤头鸡也在内。

老妈子里面，有一个杨嫂负责照应我和三哥。

高身材，长脸，大眼睛，小脚。三十岁光景。

我们很喜欢她。

她记得许多神仙和妖精的故事。晚上我和三哥常常找机会躲在她的房里，逼着她给我们讲故事。

香儿也在场，她也喜欢听故事。

杨嫂很有口才。她的故事比什么都好听。

我们听完了故事，就由她把我们送回母亲房里去。

坝子里一片黑暗。草地上常常有声音。

我们几个人的脚步声在石阶上很响。

杨嫂手里捏着油纸捻子，火光在晃动。

我们回到母亲房里，玩一会儿，杨嫂就服侍我在母亲的床上睡了。

三哥跟着大哥去睡。

杨嫂喜欢喝酒，她年年都要泡桑葚酒。

桑葚熟透了的时候，草地上布满了紫色的果实。

我和三哥，还有香儿，我们常常去拾桑葚。

熟透了的桑葚，那甜香真正叫人的喉咙痒。

我们一面拾，一面吃，每次拾了满衣兜的桑葚。

"这样多，这样好！"

我们每次把一堆一堆的深紫色的桑葚指给她看，她总要做出惊喜的样子说。

她拣几颗放在鼻子上闻，然后就放进了嘴里。

我们四个人围着桌子吃桑葚。

我们的手上都染了桑葚汁，染得红红的，嘴也是。

"够了，不准再吃了。"

她撩起衣襟揩了嘴唇，便打开立柜门，拿出一个酒瓶来。

她把桑葚塞进一个瓶里，一个瓶子容不下，她又去取了第二个、第三个。

每个瓶里盛着大半瓶白色的酒。

多少恨

昨夜梦魂中

还似旧时游上苑

车如流水马如龙

花月正春风

——南唐李后主：《忆江南·怀旧》

从母亲那里我学着读那叫作"词"的东西。

母亲剪了些白纸订成好几本小册子。

我的两个姐姐各有一本。后来我和三哥每个人也有了这样的一本小册子。

母亲差不多每天要在小册子上面写下一首词，是依着顺序从《白香词谱》里抄来的。

是母亲亲手写的娟秀的小字。

晚上，在方桌前面，清油灯的灯光下，我和三哥靠了母亲站着。

母亲用温柔的声音给我们读着小册子上面写的字。

这是我们幼年时代的唯一的音乐。

我们跟着母亲读出每一个字，直到我们可以把一些字连接起来读成一句为止。

于是母亲给我们拿出来那根牛骨做的印圈点的东西和一盒印泥。

我们弟兄两个就跪在方凳子上面，专心地给读过的那首词加上了圈点。

第二个晚上我们又在母亲的面前温习那首词，一直到我们能够把它背诵出来。

但是不到几个月母亲就生了一个妹妹。

我们的小册子里有两个多月不曾添上新的词。

而且从那时候起我就和三哥同睡在一张床上，在另一个房间里面。

杨嫂把她的床铺搬到我们的房里来。她陪伴我们，照料我们。

这个妹妹大排行第九，我们叫她作九妹。她出世的时候，我在梦里，完全不知道。

早晨我睁起眼睛，阳光已经照在床上了。

母亲头上束了一根帕子，她望着我笑。

旁边突然响起了婴儿的啼声。

杨嫂也望着我笑。

我有一种莫名其妙的感觉。

这是我睡在母亲床上的最后一天了。

秋天，天气渐渐地凉起来。

我们恢复了读词的事情。

每天晚上，二更锣一响，我们就合上那本小册子。

"喊杨嫂领你们去睡吧。"母亲温和地说。

我们向母亲道了晚安，带着疲倦的眼睛，走出去。

"杨嫂，我们要睡了。"

"来了！来了！"杨嫂的高身材出现在我们的眼前。

她常常牵着我走。她的手比母亲的粗得多。

我们走过了堂屋，穿过大哥的房间。

有时候我们也从母亲的后房后面走。

我们进了房间。房里有两张床：一张是我同三哥睡的，另一张是杨嫂一个人睡的。

杨嫂爱清洁，所以她把房间和床铺都收拾得很干净。

她不许我们在地板上吐痰，也不许我们在床上翻斤斗。她还不许我们做别的一些事情。但是我们并不恨她，我们喜欢她。

临睡时，她叫我们站在旁边，等她把被褥铺好。

她给我们脱了衣服，把我们送进了被窝。

"你不要就走开！给我们讲一个故事！"

她正要放下帐子，我们就齐声叫起来。

她果然就在床沿上坐下来，开始给我们讲故事。

有时候我们要听完了一个满意的故事才肯睡觉。

有时候我们就在她叙述的中间闭上了眼睛，完全不知道她在说些什么。

什么神仙、剑侠、妖精、公子、小姐……我们都不去管了。

生活就是这样和平的。

没有眼泪，没有悲哀，没有愤怒。只有平静的喜悦。

然而刚刚翻过了冬天，情形又改变了。

晚上我们照例把那本小册子合起来交给母亲。

外面响着二更的锣。

"喊你们二姐领你们去睡吧。杨嫂病了。"

母亲亲自把我们送到房间里。二姐牵着三哥的手，我的手是母亲牵着的。

母亲照料着二姐把我们安置在被窝里，又嘱咐我们好好地睡觉。

母亲走了以后，我们两个睁起眼睛望着帐顶，然后又掉过脸对望着。

二姐在另一张床上咳了几声嗽。

她代替杨嫂来陪伴我们。她就睡在杨嫂的床上，不过被褥帐子完全换过了。

我们不能够闭眼睛，因为我们想起了杨嫂。

三堂后边，右边石阶上的一排平房里面，第四个房间，没有地板，一盏瓦油灯放在破方桌上面……

那是杨嫂从前住过的房间。

她现在生病，又回到那里去了，就躺在她那张床上。

外面石阶下是光秃的桑树。

在我们的房里推开靠里一扇窗望出去，看得见杨嫂的房间。

那里很冷静，很寂寞。

除了她这个病人外，就只有袁嫂睡在那里。可是袁嫂事情多，睡得迟。

我们以后就没有再看见杨嫂，只知道她在生病，虽然常常有医生来给她看脉，她的病还是没有起色。

二姐把我们照料得很好。还有香儿给她帮忙。她晚上也会给我们讲故事。

我渐渐地把杨嫂忘记了。

"我们去看杨嫂去！"

一天下午我们刚刚从书房里出来，三哥忽然把我的衣襟拉一下，低声对我说。

"好！"我毫不迟疑地点了点头。

我们跑到三堂后面，很快地就到了右边石阶上的第四个房间。

没有别人看见我们。

我们推开掩着的房门，进去了。

阴暗的房里没有声音，只有触鼻的臭气。在那张矮矮的床上，蓝布帐子放下了半幅。一幅旧棉被盖着杨嫂的下半身。她睡着了。

床面前一个竹凳上放着一碗黑黑的药汤，已经没有热气了。

我们胆怯地走到了床前。

纸一样白的脸。一头飘蓬的乱发。眼睛闭着。嘴微微张开在出气。一只手从被里垂下来，一只又黄又瘦的手。

我有点不相信这个女人就是杨嫂。

我想起那张笑脸，我想起那张讲故事的嘴，我想起大堆的桑葚和一瓶一瓶的桑葚酒。

我仿佛在做梦。

"杨嫂，杨嫂。"我们兄弟两个齐声喊起来。

她的鼻子里发出一个细微的声音。她那只垂下来的手慢慢地动了。

身子也微微动着。嘴里发出含糊的声音。

眼睛睁开了，闭了，又睁开得更大一点。她的眼光落在我们两个的脸上。

她的嘴唇微微动了一下，好像要笑。

"杨嫂，我们来看你！"三哥先说，我也跟着说。

她勉强笑了，慢慢地举起手抚摩三哥的头。

"你们来了。你们还记得我。……你们好吧？……现在哪个在照应你们？……"

声音是多么微弱。

"二姐在照应我们。妈妈也来照应我们。"

三哥的声音里似乎淌出了眼泪。

"好。我放心了。……我多么记挂你们啊！……我天天都在想你们。……我害怕你们离了我觉得不方便……"

她说话有些吃力，那两颗失神的眼珠一直在我们弟兄的脸上转，眼光还是像从前那样地和善。

她这样看人，把我的眼泪也引出来了。

我一把抓住了她的手。这只手是冷冰冰的。

她的眼光停留在我的脸上。

"四少爷，你近来淘不淘气？……多谢你还记得我。我的病不要紧，过几天就会好的。"

我的眼泪滴到她的手上。

"你哭了！你的心肠真好。不要哭，我的病就会好的。"

她抚着我的头。

"你不要哭，我又不是大花鸡啊！"

她还记得大花鸡的事情，跟我开起玩笑来。

我并不想笑，心里只想哭。

"你们看，我的记性真坏！这碗药又冷了。"

她把眼光向外面一转，瞥见了竹凳上的药碗，便把眉头一皱，说着话就要撑起身子来拿药碗。

"你不要起来，我来端给你。"

三哥抢着先把药碗捧在手里。

"冷了吃不得。我去喊人给你煨热！"三哥说着就往外面走。

"三少爷，你快端回来！冷了不要紧，吃下去一样。你快不要惊动别人，人家会怪我花样多。"

她费力撑起身子，挣红了脸，着急地阻止三哥道。

三哥把药碗捧了回来，泼了一些药汤在地上。

她一把夺过了药碗，把脸俯在药碗上，大口地喝着。

她抬起头来，把空碗递给三哥。

她的脸上还带着红色。

她用手在嘴上一抹，抹去了嘴边的药渣，颓然地倒下去，长叹一声，好像已经用尽了力气。

她闭上眼睛，不再睁开看我们一眼。鼻子里发出了轻微的响声。

她的脸渐渐地在褪色。

我们默默地站了半晌。

房间里一秒钟一秒钟地变得阴暗起来。

"三少爷，四少爷，四少爷，三少爷！"

在外面远远地香儿用她那带调皮的声音叫起来。

"走吧。"

我连忙拉三哥的衣襟。

我们走到石阶上，就被香儿看见了。

"你们偷偷跑到杨大娘房里去过了。我要去告诉太太。"

香儿走过来，见面就说出这种话。她得意地笑了笑。

"太太吩咐过我不要带你们去看杨大娘。"她又说。

"你真坏！不准你向太太多嘴！我们不怕！"

香儿果然把这件事情告诉了母亲。

母亲并没有责骂我们。她只说我们以后不可以再到杨嫂的房间里去。不过她并没有说出理由来。

日子一天一天地过去，像水流一般地快。

然而杨嫂的病不但不曾好，反而一天天地加重了。

我们经过三堂后面那条宽的过道，往四堂里去的时候，常常听见杨嫂的奇怪的呻吟声。

听说她不肯吃药。听说她有时候还会发出怪叫。

人一提起杨嫂，马上做出恐怖的、严肃的表情。

"天真没有眼睛，像杨嫂这样的好人怎么生这样的病！"母亲好几次一面叹气，一面说。

但是我不知道杨嫂究竟生的是什么病。

我只知道广元县没有一个好医生，因为大家都是这样说。

又过了好几天。

"四少爷，你快去看，杨大娘在吃虱子！"

一个下午，我比三哥先放学出来，在拐门里遇到香儿，她拉着我的膀子，对我做了一个怪脸。

"我躲在门外头看。她解开衣服捉虱子，捉到一个就丢进嘴里，咬一口。她接连丢了好几个进去。她一面吃，一面笑，一面骂。她后来又脱了裹脚布放在嘴里嚼。真脏！"

香儿极力在模仿杨嫂的那些动作。

"我不要看！"

我生气地挣脱了香儿的手，就往母亲的房里跑。

虱子、裹脚布，在我的脑子里无论如何跟杨嫂连不起来。杨嫂平日很爱干净。

我不说一句话，就把头放在母亲的怀里哭了。

母亲费了好些功夫来安慰我。她含着眼泪对父亲说：

"杨嫂的病不会好了。我们给她买一副好点的棺材吧。她服侍我们这几年，很忠心。待三儿、四儿又是那样好，就跟自己亲生的差不多！"

母亲的话又把我的眼泪引出来了。

我第一次懂得死字的意义了。

可是杨嫂并不死，虽然医生已经说病是无法医治的了。

她依旧活着，吃虱子，嚼裹脚布，说胡话，怪叫。

每个人对这件事情都失掉了兴趣，谁也不再到她的房门外去偷看、偷听了。

一提起杨嫂吃虱子，大家都不高兴地皱着眉头。

"天呀！有什么法子使她早死，免得受这种活罪。"

大家都希望她马上死，却找不到使她早死的办法。

一个堂勇提议拿毒药给她吃，母亲第一个反对。

但是杨嫂的存在却使得整个衙门笼罩了一种忧郁的气氛。

无论谁听说杨嫂还没有死，马上就把脸沉下来，好像听见了一个不祥的消息。

许多人的好心都希望着一个人死，这个人却是他们所爱的人。

然而他们的希望终于实现了。

一个傍晚，我们一家人在吃午饭。

"杨大娘死了！"

香儿气咻咻地跑进房来，开口就报告这一个好消息。

袁嫂跟着走进来证实了香儿的话。

杨嫂的死是毫无疑惑的了。

"谢天谢地！"

母亲马上把筷子放下。

全桌子的人都嘘了一口长气，好像长时期的忧虑被一阵风吹散了。

仿佛没有一个人觉得死是一件可怕的事情。

然而谁也无心吃饭了。

我最先注意到母亲眼里的泪珠。

健康的杨嫂的面影在我的眼前活泼地出现了。

我终于把饭碗推开，俯在桌子上哭了。

我哭得很伤心，就像前次哭大花鸡那样。同时我想起了杨嫂的最后的话。

一个多月以后母亲对我们谈起了杨嫂的事情：

她是一个寡妇。她在我们家里做了四年的老妈子。

我所知道的关于她的事情就只有这一点点。

她跟着我们从成都来，却不能够跟着我们回成都。

她没有家，也没有亲人。

所以我们就把她葬在广元县。她的坟墓在什么地方，我不知道。

我也不知道坟前有没有石碑，或者碑上刻着什么字。

"在阴间（鬼的世界）大概无所谓家乡吧，不然杨嫂倒做了异乡的鬼了。"母亲偶尔感叹地对人说。

在清明节和中元节，母亲叫人带了些纸钱到杨嫂的坟前去烧。

就这样地，"死"在我的眼前第一次走过了。

我也喜欢读书，因为我喜欢我们的教读先生。

这个矮矮身材白面孔的中年人有种种办法取得我们的敬爱。

"刘先生。"

早晨一走进书房，我们就给他行礼。

他带笑地点点头。

我和三哥坐在同一张条桌前，一个人一个方凳子，我们觉得坐着不方便，就跪在凳子上面。

认方块字，或者读《三字经》《百家姓》《千字文》。

刘先生待我们是再好没有的了。他从来没有骂过我们一句，脸上永远带着温和的微笑。

母亲曾经叫贾福传过话，请刘先生不客气地严厉管教我们。

但是我从不知道严厉是怎么一回事。我背书背不出，刘先生就叫我慢慢地重读。我愿意什么时候放学，我就在什么时候出去，三哥也是。

因为这个缘故我们更喜欢书房。

而且在充满阳光的书房里看大哥和两个姐姐用功读书的样子，看先生的温和的笑脸，看贾福的和气的笑脸，我觉得很高兴。

先生常常在给父亲绘地图。

我不知道地图是什么东西，拿来做什么用。

可是在一张厚厚的白纸上面绘出许多条纤细的黑线，又填上各种的颜色，究竟是一件有趣的事情。

还有许多奇怪的东西，例如现今人们所称为圆规之类的仪器。

绘了又擦掉，擦了又再绘，刘先生那种俯着头专心用功的样子，仿佛还在我的眼前。

"刘先生也很辛苦啊！"我时时偷偷地望先生，这样地想起来。

有时候我和三哥放了学，还回到书房去看先生绘地图。

刘先生忽然把地图以及别的新奇的东西收起来，笑嘻嘻地对我们说：

"我今晚上给你们画一个娃娃。"

这里说的娃娃就是人物图的意思。

不用说，我们的心不能够等到晚上，我们就逼着他马上绘给我们看。

如果这一天大哥和二姐、三姐的功课很好，先生有较多的空时间，那么用不着我们多次请求，他便答应了。

他拿过那本大本的线装书，大概是《字课图说》吧，随便翻开一页，就把一方裁小了的白纸蒙在上面，用铅笔绘出了一个人，或者还有一两间房屋，或是还有别的东西。然后他拿彩色铅笔涂上了颜色。

"这张给你！"

或者我，或者三哥，接到了这张图画，脸上总要露出十分满意的笑容。

我们非常喜欢这样的图画。因为这些图画我们更喜欢刘先生。

图画一张一张地增加，我的一个小木匣子里面已经积了几十张图画了。

我一直缺少玩具，所以把这些图画当作珍宝。

每天早晨和晚上我都要把这些图画翻看好一会儿。

红的、绿的颜色，人和狗和房屋……它们在我的脑子里活动起来。

然而这些画还不能够使我满足。我梦想着那张更大的图画：有狮子、有老虎、有豹子、有豺狼、有山、有洞……

这张画我似乎在《字课图说》，或者别的书上见过。先生不肯绘出来给我们。

有几个晚上我们也跑到书房里去向先生讨图画。

大哥一个人在书房里读夜书，他大概觉得寂寞吧。

我们站在旁边看先生绘画，或者填颜色。

忽然墙外面响起了长长的吹哨声。

先生停了笔倾听。

"在夜里还要跑多远的路啊！"

先生似乎也怜悯那个送鸡毛文书的人。

"他现在又要换马了！"

于是轻微的马蹄声去远了。

那个时候紧要的信函公文都是用专差送达的。送信的专差到一个驿站就要换一次马，所以老远就吹起哨子来。

先生花了两三天的工夫，终于在一个下午把我渴望了许久的有山、有洞、有狮子、有老虎、有豹、有狼的图画绘成功了。我进书房的时候，正看见三哥捧着那张画快活地微笑。

"你看，先生给我的。"

这是一张多么可爱的画，而且我早就梦见先生绘出来给我了。

但是我来迟了一步，它已经在三哥的手里了。

"先生，我要！"我红着脸，跑到刘先生的面前。

"过几天我再画一张给你。"

"不行，我就要！我非要不可！"

我马上就哭出来，不管先生怎样劝，怎样安慰，都没有用。

同时我的哭也没有用。先生不能够马上就绘出同样的一张画。

于是我恨起先生来了。我说他是坏人。

先生没有生气，他依旧笑嘻嘻地向我解释。

然而三哥进去告诉了母亲。大哥和二姐把我半拖半抱地弄进了母亲的房里。

母亲带着严肃的表情说了几句责备的话。

我止了泪，倾听着。我从来就听从母亲的吩咐。

最后母亲叫我跟着贾福到书房里去，向先生赔礼；她还要贾福去传话请先生打我。

我埋着头让贾福牵着我的手再到书房里去。

但是我并没有向先生赔礼，先生也不曾打我一下。

反而先生让我坐在方凳上，他俯着身子给我系好散开了的鞋带。

晚上睡觉的时候，我在枕头边拿出那个木匣子，把里面所有的图画翻看了一遍，就慷慨地全送给了三哥。

"真的？你自己一张也不要？"

三哥惊喜地望着我，有点莫名其妙。

"我都不要!"我毫无留恋地回答他。

在那个时候我有一种近乎"不完全，则宁无"的思想。

从这一天起，我们就再也没有向先生要过图画了。

春天。萌芽的春天。嫩绿的春天。到处散布生命的春天。

一天一天地我看见桑树上发了新芽，生了绿叶。

母亲在本地蚕桑局里选了六张好种子。

每一张皮纸上面布满了芝麻大小的淡黄色的蚕卵。

蚕卵陆续变成了极小的蚕儿。

蚕儿一天一天地大起来。

家里的人为了养蚕的事情忙着。

大的簸箕里面摆满了桑叶，许多条两寸长的蚕子在上面爬着。

大家又忙着摘桑叶。

这样的簸箕一个一个地增加。它们占据了三堂后面左边的两间平房。这两间平房离我们的房间最近。

每天晚上半夜里，或是母亲或是二姐、三姐，或是袁嫂，总有一次要经过我们房间的后门到蚕房去加桑叶。常常是香儿拿着煤油灯或者洋烛。

有时候我没有睡着，就在床上看见煤油灯光，或者洋烛光。可是她们却以为我已经睡熟了，轻脚轻手地在走路。

有时候二更锣没有响过，她们就去加桑叶，我也跟着到蚕房去看。

浅绿色的蚕在桑叶上面蠕动，一口一口地接连吃着桑叶。簸箕里一片沙沙的声音。

我看见她们用手去抓蚕，就觉得心里像被人搔着似的发痒。

那一条一条的软软的东西。

她们一捧一捧地把蚕沙收集拢来。

对于母亲，这蚕沙比将来的蚕丝还更有用。她养蚕大半是为了要得蚕沙的缘故。

大哥很早就有冷骨风的毛病，受了寒气便要发出来。一发病就要痛三四天。

"不晓得什么缘故，果儿会得到这种病，时常使他受苦。"

母亲常常为大哥的病担心，看见人就问有什么医治这个病的药方，那时候在广元似乎没有好医生。但是老妈子的肚皮里有种种古怪的药方。

母亲也相信她们，虽然已经试过了不少的药方，都没有用。

后来她从一个姓薛的乡绅太太那里得到了一个药方，就是：把新鲜的蚕沙和着黄酒红糖炒热，包在发痛的地方，包几次就可以把病治好。

在这个大部分居民拿玉蜀黍粉当饭吃的广元县里，黄酒是买不到的。母亲便请父亲托人在合川带了一坛来预备着。

接着她就开始养蚕。

父亲对母亲养蚕的事并不赞成。母亲曾经养过一次蚕。有一回她忘记加桑叶，蚕因此饿死了许多。后来她稍微疏忽一点，又让老鼠偷吃了许多蚕去。她心里非常难过，便发誓以后不再养蚕了。父亲害怕她又遇到这样的事情。

但是不管父亲怎样劝阻她，不管背誓的恐惧时时折磨她，她终于下了养蚕的决心。

这一年大哥的病果然好了。我们不知道这是不是薛太太的药方生了效。不过后来母亲就同薛太太结拜了姊妹。

以后我看见蚕在像山那样堆起来的一束一束的稻草茎上结了不少白的、黄的茧子。我有时也摘下了几个茧子来玩。

以后我看见人搬了丝车来，把茧子一捧一捧地放在锅里煮，一面就摇着丝车。

以后我又看见堂勇们把蚕蛹用油煎炒了，拌着盐和辣椒吃，他们不绝口地称赞味道的鲜美。

"做条蚕命运也很悲惨啊！"我有时候会这样地想起来。

父亲在这里被人称作"青天大老爷"。

他常常穿着奇怪的衣服坐在二堂上的公案前面审案。

下面两旁站了几个差人（公差），手里拿着竹子做的板子：有宽的，那是大板子；有窄的，那是小板子。

"大老爷坐堂！……"

下午，我听见这一类的喊声，知道父亲要审案了，就找个机会跑到二堂上去，在公案旁边站着看。

父亲在上面问了许多话，我不知道他为什么要问这些。

被问的人跪在下面，一句一句地回答，有时候是一个人，有时候是好几个人。

父亲的脸色渐渐地变了，声音也变了。

"你胡说！给我打！"父亲猛然把桌子一拍。

两三个差人就把犯人按倒在地上，给他褪下裤子，露出屁股。一个人按住他，别的人在旁边等待着。

"给我先打一百小板子再说！他这个混账东西不肯说实话！"

"青天大老爷，小人冤枉啊！"

那个人趴在地上杀猪也似的叫起来。

于是两个差役拿了小板子左右两边打起来。

"一五，一十，十五，二十……"

"青天大老爷在上，小人真是冤枉啊！"

"胡说！你招不招？"

那个犯人依旧哭着喊冤枉。

屁股由白而红，又变成了紫色。

数到了一百，差人就停住了板子。

"禀大老爷，已经打到一百了。"

屁股上出了血，肉开始在烂了。

"你招不招？"

"青天大老爷在上，小人无话可招啊！"

"你这个东西真狡猾！不招，再打！"

于是差役又一五一十地下着板子，一直打到犯人招出实话为止。

被打的人就由差役牵了起来，给大老爷叩头，或者自己或者由差役代说：

"给大老爷谢恩。"

挨了打还要叩头谢恩，这个道理我许久都想不出来。我总觉得事情不应该是这样。

打屁股差不多是坐堂的一个不可少的条件。父亲坐在公案前面几乎每次都要说："给我拉下去打！"

有时候父亲还使用了"跪抬盒"的刑罚：叫犯人跪在抬盒里面，把他的两只手伸直穿进两个杠杆眼里，在腿弯里再放上一根杠杆。有两三次差人们还放了一盘铁链在犯人的两腿下面。

由黄变红、由红变青的犯人的脸色，从盘着辫子的头发上滴下来的汗珠，杀猪般的痛苦的叫喊……

犯人口里依旧喊着："冤枉！"

父亲的脸阴沉着，好像有许多黑云堆在他的脸上。

"放了他吧！"

我在心里要求着，却不敢说出口。这时候我只好跑开了。

我把这件事对母亲讲了。

"妈，为什么爹在坐堂的时候跟在家里的时候完全不同？好像不是一个人！"

在家里的时候父亲是很和善的，我不曾看见他骂过人。

母亲温和地笑了。

"你是小孩子，不要多管闲事。你以后不要再去看爹坐堂。"

我并不听母亲的话，因为我的确爱管闲事。而且母亲也不曾回答我的问题。

"你以后问案，可以少用刑。人家究竟也是父母养的。我昨晚看见'跪抬盒'，听到犯人的叫声心都紧了，一晚上没有睡好觉。你不觉得心里难过吗?"

一个上午,房里没有别人的时候,我听见母亲温和地对父亲这样说。

父亲微微一笑。

"我何尝愿意多用刑?不过那些犯人实在狡猾,你不用刑,他们就不肯招。况且刑罚又不是我想出来的,若是不用刑,又未免没有县官的样子!"

"恐怕也会有屈打成招的事情。"

父亲沉吟了半晌。

"大概不会有的,我定罪时也很仔细。"

接着父亲又坚决地说了一句:

"总之我决不杀一个人。"

父亲的确没有判过一个人的死罪。在他做县官的两年中间只发生了一件命案。这是一件谋财害命的案子。犯人是一个漂亮的青年,他亲手把一个同伴砍成了几块。

父亲把案子悬着,不到多久我们就回成都了。所以那个青年的结局我也不知道了。

母亲的话在父亲的心上产生了影响。以后我就不曾看见父亲再用"跪抬盒"的刑罚了。

而且大堂外面两边的站笼里也总是空的,虽然常常有几个戴枷的犯人蹲在那里。

打小板子的事情却还是常有的。

有一次,离新年还远,仆人们在门房里推牌九,我在那里看了一会儿。后来父亲知道了，就去捉了赌，把骨牌拿来叫人抛在厕所里。

父亲马上坐了堂，把几个仆人抓来，连那个管监的刘升和何厨子都在内，他们平时对我非常好。

他们都跪在地上，向父亲叩头认错，求饶。

"给我打，每个人打五十再说！"

父亲生气地拍着桌子骂。

差人们都不肯动手，默默地望着彼此的脸。

"喊你们给我打！"父亲更生气了。

差人大声应着。但是没有人动手。

刘升他们在下面继续叩头求饶。

父亲又怒吼了一声，就从签筒里抓了几根签掷下来。

这时候差人只得动手了。

结果每个人挨了二十下小板子，叩了头谢恩走了。我心里很难过，马上跑到门房里去。许多人围着那几个挨了打的人，在用烧酒给他们揉伤处。

我听见他们的呻吟声，不由得淌出眼泪来。我说了些讨好他们的话。

他们对我仍旧很亲切，没有露出一点不满意的样子。

又有一次，我看见领九妹的奶妈挨了打。

那时九妹在出痘子，依照中医的习惯连奶妈也不许吃那些叫作"发物"的食物。

不知道怎样，奶妈竟然看见新鲜的黄瓜而垂涎了。

做母亲的女人的感觉特别锐敏。她会在奶妈的嘴上嗅出黄瓜的气味。

一个晚上奶妈在自己的房里吃饭，看见母亲进来就露出了慌张的样子，把什么东西往枕头下面一塞。

母亲很快地就走到床前把枕头掀开。

一个大碗里面盛着半碗凉拌黄瓜。

母亲的脸色马上变了，就叫人去请了父亲来。

于是父亲叫人点了明角灯，在夜里坐了堂。

奶妈被拖到二堂上，跪在那里让两个差人拉着她的两只手，另一个差人隔着她的宽大的衣服用皮鞭打她的背。

一，二，三，四，五……

足足打了二十下。

她哭着谢了恩，还接连分辩说她初次做奶妈，不知道轻重，下次再不敢这样做了。

她整整哭了一个晚上。

第二天早晨母亲就叫了她的丈夫来领她去了。

这个年轻的奶妈临走的时候脸色凄惨，眼角上还滴下泪珠。

我为这个情景所感动而流下泪了。

我后来问母亲为什么要这样残酷地待她。

母亲微微地叹了一口气。她不说别的话。

以后也没有人提起这个奶妈的下落。

母亲常常为这件事情感到后悔。她说那个晚上她忘记了自己，做了一件自己也不知道为什么要做的事情。

我只看见母亲发过这一次脾气。

记得一天下午三哥为了一件小事情，摆起主人的架子把香儿痛骂了一顿，还打了她几下。

香儿向母亲哭诉了。

母亲把三哥叫到她面前去，温和地向他解释：

"丫头同老妈子都是跟我们一样的人，即使犯了过错，你也应该好好地对她们说，为什么动辄就打就骂？况且你年纪也不小了，更不应该骂人打人。我不愿意让你以后再这样做。你要好好地记住。"

三哥埋下头，不敢说话。香儿高兴地在旁边暗笑。

三哥垂着头慢慢地往外面走。

"三儿，你不忙走！"

三哥又走到母亲的面前。

"你还没有回答我，你要听我的话。你懂得吗？你记得吗？"

三哥迟疑了半晌才回答说：

"我懂……我记得。"

"好，拿云片糕去。喊香儿陪你们去耍。"

母亲站起来，在连二柜上放着的瓷缸里取了两叠云片糕递给我们。

我也懂母亲的话，我也记得母亲的话。

但是现在母亲也做了一件残酷的事情。

我为这件事情有好几天不快活。

在这时候我就已经感觉到世界上有许多事情是安排得很不合理的了。

在宣统做皇帝的最后一年，父亲就辞了官回成都去了，虽然那个地方有许多人挽留他。

在广元的两年的生活我的确过得很愉快，因为在这里人人都对我好。我们家添了两个妹妹：九妹和十妹。

这两年中间我只挨过一次打，因为祖父在成都做生日，这里敬神，我不肯磕头。

母亲用鞭子在旁边威胁我，也没有用。

结果我挨了一顿打，哭了一场，但是我始终没有磕一个头。这是我第一次挨母亲的鞭子。

从小时候起我就讨厌礼节。而且这种厌恶还继续发展下去。

父亲在广元做了两年的县官，回到成都以后买了四十亩田。

别人还说他是一个"清官"。

出自巴金：《巴金全集·第十二卷》

人民文学出版社1989年版

我的母亲

老 舍

母亲的娘家是在北平德胜门外，土城儿外边，通大钟寺的大路上的一个小村里。村里一共有四五家人家，都姓马。大家都种点不十分肥美的地，但是与我同辈的兄弟们，也有当兵的，做木匠的，做泥水匠的和当巡察的。他们虽然是农家，却养不起牛马，人手不够的时候，妇女便也须下地做活。

对于姥姥家，我只知道上述的一点。外公外婆是什么样子，我就不知道了，因为他们早已去世。至于更远的族系与家史，就更不晓得了；穷人只能顾眼前的衣食，没有工夫谈论什么过去的光荣；"家谱"这字眼，我在幼年就根本没有听说过。

母亲生在农家，所以勤俭诚实，身体也好。这一点事实却极重要，因为假若我没有这样的一位母亲，我以为我恐怕也就要大大地打个折扣了。

母亲出嫁大概是很早，因为我的大姐现在已是六十多岁的老太婆，而我的大甥女还长我一岁啊。我有三个哥哥，四个姐姐，但能长大成人的，只有大姐、二姐、三姐、三哥与我。我是"老"儿子。生我的时候，母亲已有四十一岁，大姐二姐已都出了阁。

由大姐与二姐所嫁入的家庭来推断，在我生下之前，我的家里，大概还马马虎虎过得去。那时候订婚讲究门当户对，而大姐丈是做小官的，二姐丈也开过一间酒馆，他们都是相当体面的人。

可是，我，我给家庭带来了不幸：我生下来，母亲晕过去半夜，才睁眼看见她的老儿子——感谢大姐，把我揣在怀中，致未冻死。

一岁半，我把父亲"克"死了。

兄不到十岁，三姐十二三岁，我才一岁半，全仗母亲独力抚养了。父亲的寡姐跟我们一块儿住，她吸鸦片，她喜摸纸牌，她的脾气极坏。为我们的衣食，母亲要给人家洗衣服、缝补或裁缝衣裳。在我的记忆中，她的手终年是鲜红微肿的。白天，她洗衣服，洗一两大绿瓦盆。她做事永远丝毫也不敷衍，就是屠户们送来的黑如铁的布袜，她也给洗得雪白。晚间，她与三姐抱着一盏油灯，还要缝补衣服，一直到半夜。她终年没有休息，可是在忙碌中她还把院子屋中收拾得清清爽爽。桌椅都是旧的，柜门的铜活久已残缺不全，可是她的手老使破桌面上没有尘土，残破的铜活发着光。院中，父亲遗留下的几盆石榴与夹竹桃，永远会得到应有的浇灌与爱护，年年夏天开许多花。

哥哥似乎没有同我玩耍过。有时候，他去读书；有时候，他去学徒；有时候，他也去卖花生或樱桃之类的小东西。母亲含着泪把他送走，不到两天，又含着泪接他回来。我不明白这都是什么事，而只觉得与他很生疏。与母亲相依为命的是我与三姐。因此，她们做事，我老在后面跟着。她们浇花，我也张罗着取水；她们扫地，我就撮土……从这里，我学得了爱花，爱清洁，守秩序。这些习惯至今还被我保存着。

有客人来，无论手中怎么窘，母亲也要设法弄一点东西去款待。舅父与表哥们往往是自己掏钱买酒肉食，这使她脸上羞得飞红，可是殷勤地给他们温酒做面，又给她一些喜悦。遇上亲友家中有喜丧事，母亲必把大褂洗得干干净净，亲自去贺吊——份礼也许只是两吊小钱。到如今我的好客的习性，还未全改，尽管生活是这么清苦，因为自幼儿看惯了的事情是不易改掉的。

姑母时常闹脾气。她单在鸡蛋里找骨头。她是我家中的阎王。直到我入了中学，她才死去，我可是没有看见母亲反抗过。"没受过婆婆的气，还不受大姑子的吗？命当如此！"母亲在非解释一下不足以平服别人的时候，才这样说。是的，命当如此。母亲活到老，穷到老，辛苦到老，全是命当如此。她最会吃亏。给亲友邻居帮忙，她总跑在前面：她会给婴儿洗三——穷朋友们可以因此少花一笔"请姥姥"钱；她会刮痧，她会给孩子们剃头，她会给少妇们绞脸……凡是她能做的，都有求必应。但是，吵嘴打架，永远没有她。她宁吃亏，不逗气。当姑母死去的时候，母亲似乎把一世的委屈都哭了出来，一直哭到坟地。不知道哪里来的一位侄子，声称有承继权，母亲便一声不响，教他搬走那些破桌子烂板凳，而且把姑母养的一只肥母鸡也送给他。

可是，母亲并不软弱。父亲死在庚子闹"拳"的那一年。联军入城，挨家搜索财物鸡鸭，我们被搜两次。母亲拉着哥哥与三姐坐在墙根，等着"鬼子"进门，街门是开着的。"鬼子"进门，一刺刀先把老黄狗刺死，而后入室搜索。他们走后，母亲把破衣箱搬起，才发现了我。假若箱子不空，我早就被压死了。皇上跑了，丈夫死了，鬼子来了，满城是血光火焰，可是母亲不怕，她要在刺刀下，饥荒中，保护着儿女。北平有多少变乱啊，有时候兵变了，街市整条地烧起，火团落在我们院中。有时候内战了，城门紧闭，铺店关门，昼夜响着枪炮。这惊恐，这紧张，再加上一家饮食的筹划，儿女安全的顾虑，岂是一个软弱的老寡妇所能受得起的？可是，在这种时候，母亲的心横起来，她不慌不哭，要从无办法中想出办法来。她的泪会往心中落！这点软而硬的个性，也传给了我。我对一切人与事，都取和平的态度，把吃亏看作当然的。但是，在做人上，我有一定的宗旨与基本的法则，什么事都可将就，而不能超过自己画好的界限。我怕见生人，怕办杂事，怕出头露面；但是到了非我去不可的时候，我便不敢不去，正像我的母亲。从私塾到小学，到中学，我经历过起码有百位教师吧，其中有给我很大影响的，也有毫无影响的，但是我的真正的教师，把性格传给我的，是我的母亲。母亲并不识字，她给我的是生命的教育。

当我在小学毕了业的时候，亲友一致地愿意我去学手艺，好帮助母亲。我晓得我应当去找饭吃，以减轻母亲的勤劳困苦。可是，我也愿意升学。我偷偷地考入了师范学校——制服、饭食、图籍、宿处，都由学校供给。只有这样，我才敢对母亲说升学的话。入学，要交十圆的保证金。这是一笔巨款！母亲作了半个月的难，把这巨款筹到，而后含泪把我送出门去。她不辞劳苦，只要儿子有出息。当我由师范毕业，而被派为小学校校长，母亲与我都一夜不曾合眼。我只说了句："以后，您可以歇一歇了！"她的回答只有一串串的眼泪。我入学之后，三姐结了婚。母亲对儿女是都一样疼爱的，但是假若她也有点偏爱的话，她应当偏爱三姐，因为自父亲死后，家中一切的事情都是母亲和三姐共同撑持的。三姐是母亲的右手。但是母亲知道这右手必须割去，她不能为自己的便利而耽误了女儿的青春。当花轿来到我们的破门外的时候，母亲的手就和冰一样地凉，脸上没有血色——那是阴历四月，天气很暖。大家都怕她晕过去。可是，她挣扎着，咬着嘴唇，手扶着门框，看花轿徐徐地走去。不久，姑母死了。三姐已出嫁，哥哥不在家，我又住学校，家中只剩母亲自己。她还须自晓至晚地操作，可是终日没人和她说一句话。新年到了，正赶上政府倡用阳历，不许过旧年。除夕，我请了两小时的假，由拥挤不堪的街市回到清炉冷灶的家中。母亲笑了。及至听说我还须回校，她愣住了。半天，她才叹出一口气来。到我该走的时候，她递给我一些花生："去吧，小子！"街上是那么热闹，我却什么也没看见，泪遮迷了我的眼。今天，泪又遮住了我的眼，又想起

062

母亲

当日孤独地过那凄惨的除夕的慈母。可是，慈母不会再候盼着我了，她已入了土！

儿女的生命是不依顺着父母所设下的轨道一直前进的，所以老人总免不了伤心。我廿三岁，母亲要我结了婚，我不要。我请来三姐给我说情，老母含泪点了头。我爱母亲，但是我给了她最大的打击。时代使我成为逆子。廿七岁，我上了英国。为了自己，我给六十多岁的老母以第二次打击。在她七十大寿的那一天，我还远在异域。那天，据姐姐们后来告诉我，老太太只喝了两口酒，很早地便睡下。她想念她的幼子，而不便说出来。

"七七"抗战后，我由济南逃出来。北平又像庚子那年似的被鬼子占据了，可是母亲日夜惦念的幼子却跑到西南来。母亲怎样想念我，我可以想象得到，可是我不能回去。每逢接到家信，我总不敢马上拆看，我怕，怕，怕，怕有那不祥的消息。人，即使活到八九十岁，有母亲便可以多少还有点孩子气。失了慈母便像花插在瓶子里，虽然还有色有香，却失去了根。有母亲的人，心里是安定的。我怕，怕，怕家信中带来不好的消息，告诉我已是失了根的花草。

去年一年，我在家信中找不到关于老母的起居情况。我疑虑，害怕。我想象得到，没有不幸，家中念我流亡孤苦，或不忍相告。母亲的生日是在九月，我在八月半写去祝寿的信，算计着会在寿日之前到达。信中嘱咐千万把寿日的详情写来，使我不再疑虑。十二月二十六日，由文化劳军的大会上回来，我接到家信。我不敢拆读。就寝前，我拆开信，母亲已去世一年了！

生命是母亲给我的。我之能长大成人，是母亲的血汗灌养的。我之能成为一个不十分坏的人，是母亲感化的。我的性格、习惯，是母亲传给的。她一世未曾享过一天福，临死还吃的是粗粮。唉！还说什么呢？心痛！心痛！

原载《半月文萃》，1943年第1卷第9/10期

我的母亲

邹韬奋

　　说起我的母亲，我只知道她是"浙江海宁查氏"，至今不知道她有什么名字！这件小事也可表示今昔时代的不同。现在的女子未出嫁的固然很"勇敢"地公开着她的名字，就是出了嫁的，也一样地公开着她的名字。不久以前，出嫁后的女子还大多数要在自己的姓上面加上丈夫的姓；通常人们的姓名只有三个字，嫁后女子的姓名往往有四个字。在我年幼的时候，知道担任商务印书馆出版的《妇女杂志》笔政的朱胡彬夏，在当时算是有革命性的"前进的"女子了，她反抗了家里替她订的旧式婚姻，以致她的顽固的叔父宣言要用手枪打死她，但是她却仍在"胡"字上面加着一个"朱"字！近来的女子就有很多在嫁后仍只用自己的姓名，不加不减。这意义表示女子渐渐地有着她们自己的独立的地位，不是属于任何人所有的了。但是在我的母亲的时代，不但不能学"朱胡彬夏"的用法，简直根本就好像没有名字！我说"好像"，因为那时的女子也未尝没有名字，但在实际上似乎就用不着。像我的母亲，我听见她的娘家的人们叫她作"十六小姐"，男家大家族里的人们叫她作"十四少奶"，后来我的父亲做了官，人们便叫她作"太太"，她始终没有用她自己名字的机会！我觉得这种情形也可以暗示妇女在封建社会里所处的地位。

我的母亲在我十三岁的时候就去世了。我生的那一年是在九月里生的，她死的那一年是在五月里死的，所以我们母子两人在实际上相聚的时候只有十一年零九个月。我在这篇文里对于母亲的零星追忆，只是这十一年里的前尘影事。

我现在所能记得的最初对于母亲的印象，大约在两三岁的时候。我记得有一天夜里，我独自一人睡在床上，由梦里醒来，蒙眬中睁开眼睛，模糊中看见由垂着的帐门射进来的微微的灯光，在这微微的灯光里瞥见一个青年妇人拉开帐门，微笑着把我抱起来。她嘴里叫我什么，并对我说了什么，现在都记不清了，只记得她把我负在她的背上，跑到一个灯光灿烂人影憧憧往来的大客厅里，走来走去"巡阅"着。大概是元宵吧，这大客厅里除有不少成人谈笑着外，有二三十个孩童提着各色各样的纸灯，里面燃着蜡烛，三五成群地跑着玩。我此时伏在母亲的背上，半醒半睡似的微张着眼看这个，望那个。那时我的父亲还在和祖父同住，过着"少爷"的生活；父亲有十来个弟兄，有好几个都结了婚，所以这大家族里有着这么多的孩子。母亲也做了这大家族里的一分子。她十五岁就出嫁，十六岁那年养我，这个时候才十七八岁。我由现在追想当时伏在她的背上睡眼惺忪所见着她的容态，还感觉到她的活泼的、欢悦的、柔和的、青春的美。我生平所见过的女子中，我的母亲是最美的一个，就是当时伏在母亲背上的我，也能觉到在那个大客厅里许多妇女里面，没有一个及得到母亲的可爱。我现在想来，大概在我睡在房里的时候，母亲看见许多孩子玩灯热闹，便想起了我，也许蹑手蹑脚到我床前看了好几次，见我醒了，便负我出去一饱眼福。这是我对母爱最初的感觉，虽则在当时的幼稚脑袋里当然不知道什么叫作母爱。

后来祖父年老告退，父亲自己带着家眷在福州做候补官。我当时大概有了五六岁，比我小两岁的二弟已生了。家里除父亲、母亲和这个小弟弟外，只有母亲由娘家带来的一个青年女仆，名叫妹仔。"做官"似乎怪好听，但是当时父亲赤手空拳出来做官，家里一贫如洗。我还记得，父亲一天到晚不在家里，大概是到"官场"里"应酬"去了，家里没有米下锅；妹仔替我们到附近施米给穷人的一个大庙里去领"仓米"，要先在庙前人山人海里面拥挤着领到竹签，然后拿着竹签再从挤得水泄不通的人群中，带着粗布袋挤到里面去领米；母亲在家里横抱着哭啼着的二弟踱来踱去，我在旁坐在一只小椅上呆呆地望着母亲，当时不知道这就是穷的景象，只诧异着母亲的脸何以那样苍白，她那样静寂无语得好像有着满腔无处诉的心事。妹仔和母亲非常亲热，她们竟好像母女，共患难，直到母亲病得将死的时候，她还是不肯离开她，以孝女自居，寝食俱废地照顾着母亲。

母亲喜欢看小说，那些旧小说，她常常把所看的内容讲给妹仔听。她讲得娓娓动听，妹仔听着忽而笑容满面，忽而愁眉双锁。章回的长篇小说一下讲不完，妹仔就很不耐地等着母亲再看下去，看后再讲给她听。往往讲到孤女患难，或义妇含冤的凄惨的情形，她两人便都热泪盈眶，泪珠尽往颊上涌流着。那时的我立在旁边瞧着，莫名其妙，心里不明白她们为什么那样无缘无故地挥泪痛哭一顿，和在上面看到穷的景象一样地不明白其所以然。现在想来，才感觉到母亲的情感的丰富，并觉得她的讲故事能那样地感动着妹仔，如果母亲生在现在，有机会把自己造成一个教员，必可成为一个循循善诱的良师。

我六岁的时候，由父亲自己为我"发蒙"，读的是《三字经》，第一天上的课是："人之初，性本善；性相近，习相远。"一点儿莫名其妙！一个人坐在一个小客厅的炕床上"朗诵"了半天，苦不堪言！母亲觉得非请一位"西席"老夫子，总教不好，所以家里虽一贫如洗，情愿节衣缩食，把省下的钱请一位老夫子。说来可笑，第一个请来的这位老夫子，每月束脩只需四块大洋（当然供膳宿），虽则只四块大洋，在母亲已是一件很费筹措的事情。我到十岁的时候，读的是《孟子见梁惠王》，教师的每月束脩已加到十二元，算增加了三倍。到年底的时候，父亲要"清算"我平日的功课。在夜里亲自听我背书，很严厉，桌上放着一根两指阔的竹板。我的背向着他立着背书，背不出的时候，他提一个字，就叫我回转身来把手掌展放在桌上，他拿起这根竹板很重地打下来。我吃了这一下苦头，痛是血肉的身体所无法避免的感觉，当然失声地哭了，但是还要忍住哭，回过身去再背。不幸又有一处中断，背不下去，经他再提一字，再打一下。呜呜咽咽地背着那位前世冤家的"见梁惠王"的"孟子"！我自己呜咽着背，同时听得见坐在旁边缝纫着的母亲也唏唏嘘嘘地泪如泉涌地哭着。我心里知道她见我被打，她也觉得好像刺心的痛苦，和我表着十二分的同情，但她却时时从呜咽着的、断断续续的声音里勉强说着"打得好"！她的饮泣吞声，为的是爱她的儿子；勉强硬着头皮说声"打得好"，为的是希望她的儿子上进。由现在看来，这样的教育方法真是野蛮之至！但是我不敢怪我的母亲，因为那个时候就只有这样野蛮的教育法；如今想起母亲见我被打，陪着我一同哭，那样的母爱，仍然使我感念着我的慈爱的母亲。背完了半本"梁惠王"，右手掌打得发肿有半寸高，偷向灯光中一照，通亮，好像满肚子装着已成熟的丝的蚕身一样。母亲含着泪抱我上床，轻轻把被窝盖上，向我额上吻了几吻。

当我八岁的时候，二弟六岁，还有一个妹妹三岁。三个人的衣服鞋袜，没有一件不是母亲自己做的。她还时常收到一些外面的女红来做，所以很忙。我在七八岁时，看见母亲那样辛苦，心里已知道感觉不安，记得有一个夏天的深夜，我忽然从睡梦中醒了起来，因为我的床背就紧接着母亲的床背，所以从帐里望得见母亲独自一人在灯下做鞋底，我心里又想起母亲的劳苦，辗转反侧睡不着，很想起来陪陪母亲。但是小孩子深夜不好好地睡，是要受到大人的责备的，就说是要起来陪陪母亲，一定也要被申斥几句，万不会被准许的（这至少是当时我的心理），于是想出一个借口来试试看，便叫声母亲，说太热睡不着，要起来坐一会儿。出乎我意料的，母亲居然许我起来

069

我的母亲

坐在她的身边。我眼巴巴地望着她额上的汗珠往下流，手上一针不停地做着布鞋——做给我穿的。这时万籁俱寂，只听到嘀嗒的钟声和可以微闻得到的母亲的呼吸。我心里暗自想念着，为着我要穿鞋，累母亲深夜工作不休，心上感到说不出的歉疚，又感到坐着陪陪母亲，似乎可以减轻些心里的不安成分。当时一肚子里充满着这些心事，却不敢对母亲说出一句。才坐了一会儿，又被母亲赶上床去睡觉，她说小孩子不好好地睡，起来干什么！现在我的母亲不在了，她始终不知道她这个小儿子心里有过这样的一段不敢说出的心理状态。

母亲死的时候才二十九岁，留下了三男三女。在临终的那一夜，她神志非常清楚，忍泪叫着一个一个子女嘱咐一番。她临去最舍不得的就是她这一群的子女。

我的母亲只是一个平凡的母亲，但是我觉得她的可爱的性格，她的努力的精神，她的能干的才具，都埋没在封建社会的一个家族里，都葬送在没有什么意义的事务上，否则她一定可以成为社会上一个更有贡献的分子。我也觉得，像我的母亲这样被埋没葬送掉的女子不知有多少！

写于 1936 年 1 月 10 日

出自邹韬奋：《韬奋文集·第三卷》
三联书店 1955 年版

母亲

感情的碎片

萧 红

近来觉得眼泪常常充满着眼睛，热的，它们常常会使我的眼围发烧。然而它们一次也没有滚落下来，有时候它们站到了眼毛的尖端，闪耀着玻璃似的液体。每每在镜子里面看到。

一看到这样的眼睛，又好像回到了母亲死的时候。母亲并不十分爱我，但也总算是母亲。她病了三天了，是七月的末梢，许多医生来过了。他们骑着白马，坐着二轮车，但那最高的一个，他用银针在母亲的腿上刺了一下，他说：

"血流则生，不流则亡。"

我确确实实看到那针孔是没有流血，只是母亲的腿上凭空地多了一个黑点。

医生和别人都退了出去，他们在堂屋里议论着。我背向了母亲，我不再看她腿上的黑点，我站着。

"母亲就要没有了吗？"我想。

大概就是她极短的清醒的时候："……你哭了吗？不怕，妈死不了！"

我垂下头去，扯住了衣襟，母亲也哭了，我也哭了。

而后我站到房后摆着花盆的木架旁边去，我从衣袋取出来母亲买给我的小洋刀。

"小洋刀丢了就从此没有了吧?"于是眼泪又来了。

花盆里的金百合映着我的眼睛,小洋刀的闪光映着我的眼睛。眼泪就再没有流落下来。然而那是热的,是发炎的。

但那是孩子的时候。

而今则不应该了。

原载《好文章》,1937年4月10日第7期

转载自《大公报》

母与子

季羡林

　　一想到故乡，就想到一个老妇人的面影。我自己也觉得奇怪：干皱的面纹，霜白的乱发，眼睛因为流泪多了镶着红肿的边，嘴瘪了进去。这样一张面孔的影子，看了不是很该令人不适意的吗？为什么它总霸占住我的心呢？但是再一想到，我是在怎样的一个环境里遇到了这老妇人，便立刻知道，她不但现在霸占住我的心，而且要永远地霸占住了。

　　现在回忆起来，还恍如眼前的事。——去年的初秋，因了母亲的死，我在火车里闷了一天，在长途汽车里又颠荡了一天以后，又回到八年没曾回过的故乡去。现在已经不能确切地记得是什么时候，只记得我才到故乡的时候，树丛里还残留着一点浮翠；当我离开的时候就只有淡远的长天下一片凄凉的黄雾了。就在这浮翠里，我踏上印着自己童年游踪的土地。当我从远处看到自己的在烟云笼罩下的小村的时候，想到死去的母亲就躺在这烟云里的某一个角落里，我不能描写我的心情。像一团烈焰在心里烧着，又像严冬的厚冰积在心头。我迷惘地撞进了自己的家。在泪光里看着一切都在浮动。我更不能描写当我看到母亲的棺材时的心情。几次在梦里接受了母亲的微笑，现在微笑的人却已经睡在这木匣子里了，有谁有过同我一样的境遇的吗？他大概知道我的心是怎样地绞痛了。我哭，我哭到一直不知道自己是在哭。渐渐地听到四周有嘈杂的人声围绕着我，似乎都在解劝我，都叫着我的乳名，自己听了，在冰冷的心里也似乎得到了点温热。又经过了许久，我才睁开眼。看到了许多以前熟悉现在都变了但也还能认得出来的面孔。除了自己家里的大娘婶子以外，我就看到了这个老妇人：干皱的面纹，霜白的乱发，眼睛因为流泪多了镶着红肿的边，嘴瘪了进去……

她就用这瘪了进去的嘴，一凹一凹地似乎对我说着什么话。我只听到絮絮的扯不断拉不断仿佛念咒似的低声，并没有听清她对我说的什么。等到阴影渐渐地从窗外爬进来，从窗棂里看出去，小院里也织上了一层朦胧的暗色。我似乎比以前清楚了点，看到眼前仍然挤着许多人。在阴影里，每个人摆着一张阴暗苍白的面孔，却看不到这一凹一凹的嘴了。一打听，才知道，她就是同村的算起来比我长一辈的，应该叫作大娘之流的，在我小时候也曾抱我玩过的一个老妇人。

以后，我过的是一个极端痛苦的日子。母亲的死使我对一切都灰心。以前也曾自己吹起过幻影：怎样在十几年的漂泊生活以后，回到故乡来，听到母亲的一声含有温热的呼唤，仿佛饮一杯甘露似的，给疲惫的心加一点生气，然后再冲到人世里去。现在这幻影终于证实了是个幻影。我现在是处在怎样一个环境里呢？——寂寞冷落的屋里，墙上满布着灰尘和蛛网。正中放着一个大而黑的木匣子。这匣子装走了我的母亲，也装走了我的希望和幻影。屋外是一个用黄土堆成的墙围绕着的天井。墙上已经有了几处倾圮的缺口，上面长着乱草。从缺口里看出去是另一片黄土的墙，黄土的屋顶，黄土的街道，接连着枣树林里的一片淡淡的还残留着点绿色的黄雾，枣林的上面是初秋阴沉的也有点黄色的长天。我的心也像这许多黄的东西一样地黄，也一样地阴沉。一个丢掉希望和幻影的人，不也正该丢掉生趣吗？

我的心，虽然像黄土一样地黄，却不能像黄土一样地安定。我被圈在这样一个小的天井里：天井的四周都栽满了树，榆树很多，也有桃树和梨树。每棵树上都有母亲亲自砍伐的痕迹。在给烟熏黑了的小厨房里，还有母亲没死前吃剩的半个茄子，半棵葱。吃饭用的碗筷，随时用的手巾，都印有母亲的手泽和口泽。地上的每一块砖，每一块土，母亲在活着的时候每天不知道要踏过多少次。这活着，并不渺远，一点都不；只不过是十天前。十天算是怎样短的一个时间呢？然而不管怎样短，就在十天后的现在，我却只看到母亲躺在这黑匣子里。看不到，永远也看不到，母亲的身影再在榆树和桃树中间，在这砖上，在黄的墙，黄的枣林，黄的长天下游动了。

虽然白天和夜仍然交替着来，我却只觉到有夜。在白天，我有颗夜的心。在夜里，夜长，也黑，长得莫明其妙，黑得更莫明其妙；更黑的还是我的心。我枕着母亲枕过的枕头，想到母亲在这枕上想到她儿子的时候不知道流过多少泪，现在却轮到我枕着这枕头流泪了。凄凉零乱的梦萦绕在我的四周，我睡不熟。在蒙眬里睁开眼睛，看到淡淡的月光从门缝里流进来，反射在黑漆的棺材上的清光。在黑影里，又浮起了母亲的凄冷的微笑。我的心在战栗，我渴望着天明。但夜更长，也更黑，这漫漫的长夜什么时候过去呢，我什么时候才能看到天光呢？

时间终于慢慢地走过去。——白天里悲痛袭击着我，夜里黑暗压住了我的心。想到故都学校里的校舍和朋友，恍如回望云天里的仙阙，又像捉住了一个荒诞的古代的梦。眼前仍然是一片黄土色，每天接触到的仍然是一张张阴暗灰白的面孔。他们虽然都用天真又单纯的话和举动来对我表示亲热，但他们哪能了解我这一腔的苦水呢？我感觉到寂寞。

就在这时候，这老妇人每天总到我家里来看我。仍然是干皱的面纹，霜白的乱发，眼睛镶着红肿的边，嘴瘪了进去。就用这瘪了进去的嘴一凹一凹地絮絮地说着话，以前我总以为她说的不过是同别人一样的劝解我的话，因为我并没曾听清她说的什么。现在听清了，才知道从这一凹一凹的嘴里发出的并不是我想的那些话。她老向我问着外面的事情，尤其很关心地问着军队的事情，对于我母亲的死却一句也不提。我很觉到奇怪。我不明了她的用意，我在当时那种心情之下，有什么心绪同她闲扯呢？当她絮絮地扯不断拉不断地仿佛念咒似的说着话的时候，我仍然看到母亲的面影在各处飘，在榆树旁，在天井里，在墙角的阴影里。寂寞和悲哀仍然霸占住我的心。我有时也答应她一两句。她于是就絮絮地说下去，她怎样有一个儿子，她的独子，三年前因为在家里没饭吃，偷跑了出去当兵。去年只接到了他的一封信，说是不久就要开到不知道哪里去打仗。到现在又一年没信了，留下一个媳妇和一个孩子。（说着指了指偎在她身旁的一个肮脏的拖着鼻涕的小孩。）家里又穷，几年来年成又不好，媳妇时常哭……问我知道不知道他在什么地方。说着，在叹了几口气以后，晶莹的泪点顺着干皱的面纹流下来，流过一凹一凹的嘴，落到地上去了。我知道，悲哀怎样啃着这老妇人的心。本来需要安慰的我也只好反过头来，安慰她几句，看她领着她的孙子沿着黄土的路蹒跚地走去的渐渐消失的背影。

接连着几天的过午，她总领着她孙子来看我。她这孙子实在不高明，肮脏又淘气。他死死地缠住她。但是她却一点都不急躁。看着她孙子的拖着鼻涕的面孔，微笑就浮在她这瘪了进去的嘴旁。拍着他，嘴里哼着催眠曲似的歌。我知道，这单纯的老妇人怎样在她孙子身上发现了她儿子。她仍然絮絮地问着我，关于外面军队里的事情。问我知道她儿子在什么地方不。我也很想在谈话间隔的时候，问她一问我母亲活着时的情形，好使我这八年不见面的渴望和悲哀的烈焰消熄一点。她却只"唔唔"两声支吾过去，仍然絮絮地扯不断拉不断地仿佛念咒似的自己低语着，说她儿子小的时候怎样淘气，有一次，他打碎一个碗，她打了他一掌，他哭得真凶呢。大了怎样不正经做活。说到高兴的地方，也有一丝微笑掠过这干皱的脸。最后，又问我知道她儿子在什么地方不。我发现了这老妇人出奇地固执。我只好再安慰她两句。在黄昏的微光里，送她出去。眼看着她领着她的孙子在黄土道上踽踽地凄凉地走去。暮色压在她的微驼的背上。

就这样，几个寂寞的过午和黄昏就度过了。间或有一两天，这老妇人因为有事没来看我。我自己也受不住寂寞的袭击，常出去走走。紧靠着屋后是一个大坑，汪洋一片水，也有外面的小湖那样大。是秋天，前面已经说过。坑里丛生着的芦草都顶着白茸茸的花。望过去，像一片银海。芦花的里面是水。从芦花稀处，也能看到深碧的水面。我曾整个过午坐在这水边的芦花丛里，看水面反射的静静的清光。间或有一两条小鱼冲出水面来唼喋着。一切都这样静。母亲的面影仍然浮动在我眼前。我想到童年时候怎样在这里洗澡；怎样在夏天里，太阳出来以前，水面还发着蓝黑色的时候，沿着坑边去摸鸭蛋；倘若摸到一个的话，拿给母亲看的时候，母亲的微笑怎样在当时的童稚的心灵里开成一朵花；怎样又因为淘气，被母亲在后面追打着，当自己被逼紧了跳下水去站在水里回头看岸上的母亲的时候，母亲却因了这过分顽皮的举动，笑了，自己也笑……然而这些美丽的回忆，却随了母亲给死吞噬了去。只剩了一把两把的眼泪。我要问，母亲怎么会死了？我究竟是什么东西？但一切都这样静。我眼前闪动着各种的幻影。芦花流着银光，水面上反射着青光，夕阳的残晖照在树梢上发着金光：这一切都混杂地搅动在我眼前，像一串串的金星，又像迸发的火花。里面仍然闪动着母亲的面影，也是一串串的——我忘记

母亲

了自己，忘记了一切，像浮在一个荒诞的神话里，踏着暮色走回家了。

有时候，我也走到场里去看看。豆子谷子都从田地里用牛车拖了来，堆成一个个小山似的垛。有的也摊开来在太阳里晒着。老牛拖着石碾在上面转，有节奏地摆动着头。驴子也摇着长耳朵在拖着车走。在正午的沉默里，只听到豆荚在阳光下开裂时毕剥的响声和柳树下老牛的喘气声。风从割净了庄稼的田地里吹了来，带着土的香味。一切都沉默。这时候，我又往往遇到这个老妇人，领着她的孙子，从远远的田地里顺着一条小路走了来，手里间或拿着几支玉蜀黍秸。霜白的发被风吹得轻微地颤动着。一见了我，立刻红肿的眼睛里也仿佛有了光辉，站住便同我说起话来。嘴一凹一凹地说过了几句话以后，立刻转到她的儿子身上。她自己又低着头絮絮地扯不断拉不断地仿佛念咒似的说起来。又说到她儿子小的时候怎样淘气。有一次他摔碎了一个碗。她打了他一巴掌，他哭得真凶呢。他大了又怎样不正经做活。说到高兴的地方，干皱的脸上竟然浮起微笑。接着又问到我外面军队上的情形，我知道他在什么地方，见过他没有。她还要我保证，他不会被人打死的。我只好再安慰安慰她，说我可以带信给他，叫他家来看她。我看到她那一凹一凹的干瘪的嘴旁又浮起了微笑。看旁边的人，一听到她又说这一套，早走到柳荫下看牛去了。我打发她走回家去。仍然让沉默笼罩着这正午的场。

这样也终于没能延长多久。在由一个乡间的阴阳生按着什么天干地支找出的所谓"好日子"的一天，我从早晨就穿了白布袍子，听着一个人的暗示。他暗示我哭，我就伏在地上咧开嘴嚎啕地哭一阵。正哭得淋漓的时候，他忽然暗示我停止，也只好立刻收了泪。在收了泪的时候，就又可以从泪光里看来来往往的各样的吊丧的人，也就嚎啕过几场，又被一个人牵着东走西走。跪下又站起，一直到自己莫名其妙，这才看到有几十个人去抬母亲的棺材了。——这里，我不愿意，实在是不可能，说出我看到母亲的棺材被人抬动时的心痛。以前母亲的棺材在屋里，虽然死仿佛离我很远，但只隔一层木板里面就躺着母亲。现在却被抬到深的永恒黑暗的洞里去了。我脑筋里有点糊涂。跟了棺材沿着坑走过了一段长长的路，到了墓地，又被拖着转了几个圈子……不知怎样脑筋一闪，却已经给人拖到家里来了。又像我才到家时一样，渐渐听到四周有嘈杂的人声围绕着我，似乎又在说着同样的话。过了一会，我才听到有许多人都说着同样的话，里面杂着絮絮的扯不断拉不断的仿佛念咒似的低语。我听出是这老妇人的声音，但却听不清她说的什么，也看不到她那一凹一凹的嘴了。

在我清醒了以后，我看到的是一个变过的世界。尘封的屋里，没有了黑亮的木匣子。我觉得一切都空虚寂寞。屋外的天井里，残留在树上的一点浮翠也消失到不知哪儿去了。草已经都转成黄色，耸立在墙头上，在秋风里打颤。墙外一片黄土的墙更黄；黄土的屋顶，黄土的街道也更黄；尤其黄的是枣林里的一片黄雾，接连着更黄更黄的阴沉的秋的长天。但顶黄顶阴沉的却仍然是我的心。一个对一切都感到空虚和寂寞的人，不也正该丢掉希望和幻影吗？

又走近了我的行期。在空虚和寂寞的心上，加上了一点绵绵的离情。我想到就要离开自己漂泊的心所寄托的故乡，以后，闻不到土的香味，看不到母亲住过的屋子，母亲的墓，也踏不到母亲曾经踏过的地，自己心里说不出是什么味。在屋里觉到窒息，我只好出去走走。沿着屋后的大坑踱着。看银耀的芦花在过午的阳光里闪着光，看天上的流云，看流云倒在水里的影子。一切又都这样静。我看到这老妇人从穿过芦花丛的一条小路上走了来。霜白的乱发，衬着霜白的芦花，一片辉耀的银光。极目苍茫微明的云天在她身后伸展出去。在云天的尽头，还可以看到一点点的远村。这次没有领着她的孙子，神气也有点匆促，但掩不住干皱的面孔上的喜悦。手里拿着有一点红颜色的东西。递给我，是一封信。除了她儿子的信以外，从没接到过别人的信。所以，她虽然不认字，也可以断定这是她儿子的信。因为村里没有能念信的，于是赶来找我。她站在我面前，脸上充满了微笑；红肿的眼里也射出喜悦的光。瘪了进去的嘴仍然一凹一凹地动着，但却没有絮絮的念咒似的低语了。信封上的红线因为淋过雨扩成淡红色的水痕。看邮戳，却是半年前在河南南部一个作过战场的县城里寄出的。地址也没写对，所以经过许多时间的辗转，但也居然能落到这老妇人手里。我的空虚的心里，也因了这奇迹，有了点生气。拆开看，寄信人却不是她儿子，是另一个同村的跑出去当兵的。大意说，她儿子已经阵亡了，请她找一个人去运回他的棺材。——我的手战栗起来。这不正给这老妇人一个致命的打击吗？我抬眼又看到她脸上抑压不住的微笑。我知道这老人是怎样切望得到一个好消息。我也知道，倘若我照实说出来，会有怎样一幅悲惨的景象展开在我眼前。我只好对她说，她儿子现在很好，已经升成了官，不久就可以家来看她。她喜欢得流下眼泪来，嘴一凹一凹地动着，她又扯不断拉不断地絮絮地对我说起来，不厌其详地说到她儿子各样的好处，怎样她昨天夜里还做了一个梦，梦着他回来。我看到这老妇人把信揣在怀里转身走去的渐渐消失的背影，我再能说什么话呢？

第二天，我便离开我故乡里的小村。临走，这老妇人又来送我。领着她的孙子，脸上堆满了笑意。她不管别人在说什么话，总絮絮地扯不断拉不断地仿佛念咒似的自己低语着。不厌其详地说到她儿子的好处，怎样她昨天夜里还做了一个梦，梦见她儿子回来，她儿子已经升成了官了。嘴一凹一凹地急促地动着。我身旁的送行的人脸色渐渐有点露出不耐烦，有的也就躲开了。我偷偷地把这信的内容告诉别人，叫他在我走了以后慢慢地转告给这老妇人，或者简直就不告诉她。因为，我想，好在她不会再有许多年的活头，让她抱住一个希望到坟墓里去吧。当我离开这小村的一刹那，我还看到这老妇人的眼里的喜悦的光辉，干皱的面孔上浮起的微笑……

不一会，回望自己的小村，早在云天苍茫之外。触目是长天下一片凄凉的黄雾了。

　　在颠簸的汽车里，在火车里，在驴车里，我仍然看到这圣洁的光辉，圣洁的微笑，那老妇人手里拿着的那封信。我知道，正像装走了母亲的大黑匣子装走了我的希望和幻影，这封信也装走了她的希望和幻影。我却又把这希望和幻影替她拴在上面，虽然不知道能拴得久不。

　　经过了萧瑟的深秋，经过了阴暗的冬，看死寂凝定在一切东西上。现在又来了春天。回想故乡的小村，正像在故乡里回想到故都一样，恍如回望云天里的仙阙，又像捉住了一个荒诞的古代的梦了。这个老妇人的面孔总在我眼前盘桓：干皱的面纹，霜白的乱发，眼睛因为流泪多了镶着红肿的边，嘴瘪了进去；又像看到她站在我面前，絮絮地扯不断拉不断地仿佛念咒似的低语着，嘴一凹一凹地在动；先仿佛听到她向我说，她儿子小的时候怎样淘气，怎样有一次他摔碎了一个碗，她打了他一巴掌，他哭；又仿佛看到她手里拿着一封雨水渍过的信，脸上堆满了微笑，说到她儿子的好处，怎样她做了一个梦，梦着他回来……然而，我却一直没接到故乡的来信。我不知道别人告诉她她儿子已经死了没有。倘若她仍然不知道的话，她愿意把自己的喜悦说给别人，却没有人愿意听。没有我这样一个忠实的听者，她不感到寂寞吗？倘若她已经知道了，我能想象，大的晶莹的泪珠从干皱的面纹里流下来，她这瘪了进去的嘴一凹一凹的，她在哭，她又哭晕了过去……不知道她现在还活在人间没有？——我们同样都是被噩运踏在脚下的苦人，当悲哀正在啃着我的心的时候，我怎忍再看你那老泪浸透你的面孔呢？请你不要怨我骗你吧，我为你祝福！

写于 1934 年 4 月 1 日

原载《现代》，1934 年第 6 卷第 1 期

母亲

聂绀弩

一

只看见怎样做父亲的文章，却没有人写怎样做母亲，好像母亲本来天生会做，毫无问题似的。其然？岂其然乎！盖男性以其事不干己，新女性又恐怕早薄良母而不为，女孩子之流，则尤病其羞人答答，于是谈者稀耳。

然而问题是存在的。

我的母亲于不知什么时候死去了。说几句与题无涉的话，她的死，是与抗战有关的。故乡沦陷，老人们天天要爬山越谷，躲避鬼子，衣食住一切问题都无法解决；六七十岁，向来就叫作风烛残年，烛本将尽，风又太猛，飘摇了几下，终于灭了。

我听见了这消息，奇怪不，没有哭，并且没有想哭，简直像听隔壁三家的事情似的。这很不对；但我本来就不是孝子。其实这淡漠，早在母亲的意料之中，她曾对我说："将来你长大了，一定什么好处都不记得，只记得打你的事情。"知子莫若母，诚哉！

十年前，我已二十多岁，正在南京做官。人做了官，就要坐办公厅，开会，赴宴会的。有一回在一个很俨乎其然的会议上，偷看一本小孩子看的书，记得是中华书局出版，黎锦晖之流所著，书名仿佛是《十姊妹》什么的。那会议也是与抗战有关的，一位先生站起来演说了半天，说得十分激昂，末了说，我们的国运实在是很怎么的，座中已经有人在流泪了。他指的是我，全场的人也都向我回过脸儿来，吓得我连忙收起了《十姊妹》，原来我看书看得不觉流出泪来了。

《十姊妹》之类，并不算好的儿童读物，也决不能感动那时候的我。但是文字写得很有趣，很有些孩子话，使我想到，这书，本是应该在小时候看的，而我小时候没有看见；于是又想到我的小时候，那是如何的一截黑暗的生活哟！大概就这样想着想着，不觉竟流泪了。

其实所谓"黑暗"，也没有别的，不过常常挨打而已。打手常常是我的母亲——说常常者，是说打我的人除了母亲之外，还有父亲和我的亲爱的老师们也。

中国许多妇女的日常生活，简直单纯得像沙漠上的景物，一生一世，永久只有那样几件事做来做去。有几位朋友的太太，几乎天天打牌，几乎像是为打牌而生。然而也难怪，不打牌也没有别的事可做，她们也似乎做不出比打牌更好的事。我本来觉得她们太无出息，这样一想，却反而同情她们了。

我的母亲也是打牌党之一。她一拿起牌，就不能再惹她；

一惹，她就头也不回，反手一耳光。输了钱，自然正好出气；奇怪的是，就是赢了也是这样。据说，一吵，就会输下去的。不幸的是，她几乎天天打牌。

然而打牌也有打牌的好处，就是打牌时，她没有工夫管我。凡事，只要她来一管，我就不免有些糟糕的，父亲先是常常不在家，后来是死掉了，别人隔得远，屋里除了她和我，就只有丫头老妈之流，没有说话的资格，也根本说不出什么话，这场合，无论她要把我怎样，你想，我有什么办法呢？

有一次我大概还只有六七岁，一天中午，正独自在厅屋里玩——我小时候常常独自玩的，忽然听见母亲在堂屋里喊我。我虽然小，但一听母亲的声音，就会知道她的喜怒，我觉得这回的声音是含着无限的抚爱的，好像急迫地需要抱我，亲我，吻我的样子。我从来未受过抚爱，从来未听过这样抚爱的声音，至少我的记忆如此。孔子曰："唯女子与小人为难养也，近之则不逊，远之则怨。"我大概是天生的小人，小人得宠，就难免骄矜，难免不逊，正所谓得意忘形的。当时不知怎么一想，竟和母亲躲起迷藏来了。我躲在厢房的门角落里，任母亲怎么喊也不答应。母亲接着喊，甚至连乖乖宝贝都喊出来了。声音是那样柔软，那样温和，仿佛现在还在我的耳边，是我在童年所听到的唯一的抚爱的声音，越是这样，我就以为她要跟我玩儿，我也越要逗她玩儿，越是躲着不做声，声音渐渐近了，从堂屋喊到厅屋，打厢房门口过的时候，还把头伸进去探索了一回，可是没有看见我在里头，我和她只隔一层薄木板呀。我竭力地忍住笑，不做声，她就喊着喊着，到大门口去了。母亲今天跟我玩儿，我高兴极了；母亲走在我身边，却没有找着，多么有趣呀，我高兴极了。我实在掩藏不住我的欢喜，实在忍不住笑，就哈哈大笑地从门角里跳出来，在母亲的背后很远的地方喊：

"我在这里呀，哈哈，我在这里呀！"

一面喊，一面还笑着跳着。可是等她扭转身来，一看见她的脸，我就知道糟了，她的脸，完全被杀气，不，应该说是"打气"所充满着。然而想再躲在门角落里不做声，已经不可能了。

她一转来，就扯住我的耳朵，几乎把我提着似的扯到堂屋里，要我跪着，她自己则拿着鸡毛帚。

"赶快说，你把钱偷到哪里去了！"

原来她房里桌上有一个，至多也不过两个铜板不见了。我本没有偷，只有说没有偷。可是她不信，最大的理由是，没有偷，为什么躲起来呢？要是现在，我一定可以分辩清楚；但那时候，自己也不能理解为什么要躲起来，尤其说不出为什么要躲起来。我是在城里长大的孩子，十多岁的时候，常常到衙门里去看审案。我觉得坐在堂上的青天大老爷总是口若悬河，能说会道；跪在下面口称"小的小的"的家伙却很少理直气壮的时候。并非真没有理由，不过不会说，说不出。有时候，恨不得跑出去替他说一番。我同情这样的人，因为自己就饱有跪在母亲面前，目瞪口呆的经验。把话说回转去，我既无法分辩，就只有耷起脑袋，脊梁和屁股挨打。母亲也真是一个青天大老爷，她从来不含糊地打一顿了事，一定要打得"水落石出"。偷钱该打，不算；撒谎该打，也不算；一直打得我承认是我偷了，并且说是买什么东西吃了，头穿底落，这才罢休。不用说，这都是完全的谎话。

记得很清楚，从那次起，我知道了两件事：一、钱是可以偷的；二、人是可以撒谎的。

在孩子们的记忆中，过年常常是印象最深刻的。过年，穿新衣服，吃好东西，提灯笼，放炮仗，拜年，得压岁钱，等等，和平常的生活是那样不同，那样合胃口，人要一年到头都过年才好玩咧。差不多一进十月，就扳起指头算，还有八十天，还有六十五天，还有二十四天……这样地盼望年的到来。

过年，只有一样事情不好，就是有许多禁忌。死不能说，鬼不能说，穷，病，背时，倒霉，和尚，道士，棺材，打官司，坐牢，杀，砍……也不能说，尤其是在"敬社""出天方"的时候。已经在神柜上贴着"百无禁忌""童言无忌"了，岂不好像可以随便了么？可是还不能说。不能说，自然更不能做出任何类似，象征那些字样所表示的意义的事情，乃至多少有些损失，灾害的事情，比如，打破碗，扯破衣服，跌破头，等等。而一个总的禁忌，就是惹大人生气，撩大人的打骂。据说，腊月三十或者正月初一，如果撩大人打了，那就一年到头都会挨打的，虽然那两天吃了好东西，并不一年到头都有好东西吃。

十岁或者十一岁的一个除夕，已经过了半夜去了。母亲烧好了年饭，预备好了团年酒，躺在床上烧鸦片烟给父亲吸。我呢，自然无事忙，一时跑到街上，看看通街的红灯笼，红春联，热心地欣赏那些"生意兴隆通四海"之类的词句；有时候又跑进屋里和小丫头讲讲故事，看各个房里的灯火是不是燃着，平常，没有人住的房里是不点灯的，甚至于还敢于挨近母亲正和父亲横躺着的床边，听他们谈谈下一年的生活打算之类。父亲是个读书人，他的那时代，大概是读书人倒霉的时代，至少他自己就倒霉了一生：清朝时候没有考到秀才，祖上传下的一点产业，坐吃山空，只剩下一幢房子了——这房子一直留到抗战后才被日本强盗炸光；很早就吸上一副烟瘾，不能远走高飞；在地方上做过几回事，也都因为吸烟被人家告发而被撤职了。这时候，已经一连好几年没有职业，家景实在一天不如一天。母亲平常就常常和他吵架。在无可奈何的时候，就盼望着奇迹，盼望神灵或祖先的保佑，而把希望寄托在未来的日子里。比如说，无灾无病地戒掉烟瘾，外面忽然有人请他出去做官，地方上的事忽然非他出来不行，等等。这希望既然等于奇迹，要倚仗着不可知的力量，而又在未来的日子里，所以父亲虽然是个读书人，其迷信的程度，也就和略识之无的母亲差不多，尤其是在过年的时候。

"××！"母亲叫我，"你去到各个房里上上油，添点灯草，把灯都点得亮亮的，菩萨保佑明年一年顺顺遂遂。要小心，不要把油泼了。"

我一手拿着清油壶，一手握着一把灯草，到每一间里小心翼翼地做好了所做的事，回来把油壶放在原来的地方，放好了；走了几步还回头去看了一回。

"油都上了吧？"母亲问。

"上了！"

"没有做坏么？"

"没有！"

"还好，"父亲在旁边说，"听声音蛮透彻的。"

但是到了天快亮了，父亲的瘾过足了，起来准备"敬神"的时候，母亲到放油壶的地方一看，油壶却躺在油滩里！什么缘故呢，我到现在还不明白，大概不是小丫头故意害我，就是老鼠先生和我过不去。母亲是最讲禁忌的，父亲又希望这一夜有个好的兆头，泼油又本来代表输钱、亏本、损财这些意义的。这样一来，以下的不必说，总之，正在别人家"出天方"，满街的炮仗乱响的时候，母亲为首，父亲帮忙，把我搋在椅子上，打得像杀猪样地叫。我的腿被打跛了，以致第二天还不能到亲戚人家里去拜年。

又是过年，可是不是除夕，大概是初三或者初五。我们过年是过半个月的。

伯父的灵屋子供在堂屋里，他死了一年多。夜晚，父亲不知从谁家里吃了春酒回来，感觉得身上不舒服。父亲常常身上不舒服的。母亲说：

"××，你在你伯伯灵前烧烧香，磕几个头，叫伯伯保佑爹清吉平安。"

"我不!"我说。

"为什么不呢?"母亲和父亲都很诧异。

我已经十一二岁了，高小一年级已读过，年过完，就要进二年级。那时的高小，学生都很大，我在班上是最小的，因之，某方面的程度，也比后来同级的学生要高。我在学校里是高材生，这时候，已经知道人死了还有魂魄什么的，不过是句谎话。因之，伯父的灵位也者，其实，不过是一张纸上写的几个保家卫国，决不会有什么力量，能够保佑父亲的病好。就算伯父真有魂魄什么的吧，那魂魄也不过和他活着的时候一样；他活着的时候，既然不见有什么了不得，为什么一死，就神通广大，能够作威作福了呢? 父亲的病，明明是体质和保养的问题，绝不是鬼神所能为力；如果死生有命，疾病在天，伯父纵然有灵，也未必能逆命回天；如果能逆命回天，伯父既然是爱父亲的，那就不必烧香磕头，也会保佑父亲好。我还记得清清楚楚，那时候的确是这样想的。

但是等"为什么不呢?"问到头上的时候，我却无话可答。我还没有把心里想的原原本本、有头有绪地说出来的能力。理由，向来只写在文章上，口头上没有说过一回，在母亲的积威之下，也没有申述理由的习惯，虽然我相信，假如我能够说出来，甚至于母亲都会饶恕我的。我说不出，说出的简直不成其为理由。我急了，爽性低着头，噘着嘴，样子大概很难看的。

"说呀，"父亲说，"不说，就照妈说的做。"

我还是没有说。心里非常想说，却被不知什么东西堵住了口。我仍旧低着头，噘着嘴，动也没有动。

"你看你多没有良心！"母亲厉声地说，"烧香磕头，是你伯伯受了，被保佑病好的是你的爹，事情又这样容易，你都不做，是什么意思呢？还不赶快烧香，还要我动手请你么？"

我听了这话，为了受到威胁与冤屈，又明知一顿皮肉的痛楚马上会来，简直不觉掉下泪来了。我小时候性情很倔强，宁可挨一顿打，不愿意做声明了不做的事。结果不问可知，母亲手上折断了一根鸡毛帚，我的背和屁股上添了许多青的紫的伤痕。父亲没有说话，也没有帮忙。要帮忙，则因为身体不济；要劝阻，又恼怒我没有良心。

母亲打我的时候，从来不哑打。一面打，一面一定骂："砍头的！""杀脑壳的！""充军的！""短阳寿的！"母亲虽不能说是大家闺秀，却也不是出身于什么低微的人家，不知为什么知道那么多的骂人的话。现在我在编一个报屁股，接到的文章，常有骂人的，这里的"骂"就是直截了当的破口大骂，与鲁迅的文章常被人称为骂的骂不同，比如说，骂银行行员是豪奴甚至是巴儿狗之类；别的刊物上，有时也有同样的骂，《野草》上就有人骂人是"准……"。拿笔写文章的人，想不到竟如此专制，蛮横。然而也未足怪，也许他们也有一个像我的母亲一样的母亲，他们实在比我还要像我的母亲的儿子。

其次，母亲打我的时候，从来不许我的脚手动一下。她有一句术语，叫作："动哪里打哪里。"儿子也像很难喂的绵羊，动一下，跳一下，一面固然是心里受了许多冤屈，无可申诉；一面也只是一种简单的生理的反应，但这却多费了母亲的许多力，也使父母的遗体多吃了许多苦。

母亲在我做了官的时候还称功说："不打不成人，打了成官人，要不是我从前打你，你怎会有今天？"为了证明她的话之不正确，我有时真想自暴自弃一点才好。

有一出戏叫作《甘露寺》，是刘备在东吴被相亲的故事。某年，我也演过《甘露寺》，结果不大佳，据相亲者观察我是没有受过家庭教育的。大概因为我不善周旋应对，对人傲慢少礼等。我也实在没有受过什么家庭教育，也不知道中国有没有家庭教育，至于身受的，简单得很，就是母亲的一根鸡毛帚。我从小就很孤僻，不爱和人来往，在热闹场中过不惯。这是鸡毛帚教育的结果。我小时候总以为别人都是有母亲疼爱的孩子，他们不了解我的苦楚；我也不愿意钻进他们幸福者群的圈子里去。纵然有时钻进，快乐了一阵之后，接着是母亲的充满了"打气"的脸和她手中的鸡毛帚那实物，马上就想到我和别人是如此的不同。"欢喜欢喜，讨根棍子搬起"这是一句俗话，意思是快乐之后会挨打，也就是乐极生悲。一回乐极生悲，两回乐极生悲，久而久之，就像乐与悲有着必然的因果关系，为了避免悲，就看见乐也怕了。孩子们有一件很奇怪的事，一块儿玩来玩去，不知怎么一来，就会起冲突。在这样场合，别人

母亲

有一个最好的制服我的法子:"告诉你的妈妈去!"我几乎现在听见了这句话还怕,在消化不良的夜晚,有时还做这样的怪梦,不用提在当时给我心灵上的打击。

鸡毛帚教育的另一结果,是我无论对于什么人都缺乏热情,也缺乏对于热情的感受力。早年,我对人生抱着强烈的悲观,觉得人与人之间,总是冷酷的,连母亲对于儿子也只有一根鸡毛帚,何况别人。许多朋友,起初都对我很好,大概因为我没有同等的友谊回答,终于疏远了。许多朋友,在一块儿的时候,未尝不如兄如弟,甚至超过兄弟的感情,但分手之后,就几乎把他们忘掉了。不但对于朋友,对于事业也是这样。对人生既抱悲观,对事业就当然也缺乏坚信与毅力。也就是缺乏一种热情。我不知道小时的遭遇为什么给人的影响这么大,许多年来,曾做过种种的努力,想把我的缺点改过来;无如"少成若天性",一直到现在,还是不能完全消除。

此外,鸡毛帚教育的结果,是我的怯懦,畏缩,自我否定。从小我就觉得人生天地之间,不过是一个罪犯,随时都会有惩戒落在头上。中国的社会也真怪,书本上虽然有许多齐家治国平天下的大道理,说得天花乱坠;但实际上,家是靠母亲的鸡毛帚齐的,学校是靠老师的板子办的。"国"或"天下"的治平,恐怕也靠着扩而充之的鸡毛帚和板子。人生在这样的社会里头,就会一天到晚,"如临深渊,如履薄冰";坏事或者真不敢做,好事也不免不敢擅动。这不敢做,怕鸡毛帚;那不敢动,怕板子;终会有一天会自己问自己:"我究竟能做什么呢?"孔子曰:"四十五十而无闻焉,斯亦不足畏也已。"我已经快四十岁了,东不成,西不就,实在"不足畏也已"。曾经有过许多事业的机会,都由于我的孤僻,无助,怯懦而失掉了。自己无出息不在话下,不也有许多是母亲的鸡毛帚的功劳么?

喜欢打孩子的,决不仅我的母亲一个:我之所以想起写这篇文章,也就是因为隔壁有一个常常打孩子的母亲。在街上走的时候,类似母亲的人物,拿起一根鸡毛帚什么的,打着正在鬼哭神嚎的孩子的事也常碰到。我有一个牢不可拔的偏见:无论为了什么,打孩子,总是不应该的,而错误总是在大人一边。

我不是教育家,也不是心理学家,不知道所谓家庭教育,究竟应该是些什么;我只相信,无论是什么,却决不能是打。家庭教育给人的身心的影响究有多么大,我也不知道,但我相信:打给予孩子的影响,决不会是好的。

既称家庭教育,当然也包括父亲对儿女的施教。但带孩子,管孩子,常常和孩子在一块儿的却是母亲。俗话说,"父严母慈",我的经验却是相反的。父亲不大打太小的儿女,比较理智,能够一片一片地说大道理,许多场合都君子似的动口不动手,儿女有理由,也比较容易说清。就今天的一般情形而论,父亲的知识水准往往高些,活动范围广些,眼光远大些,不大专注儿女的一些小事情;许多父亲又坐在家里的时候少。所以我以为父严倒不要紧,母严才是一件最倒霉的事。男主外，女主内，是老例，母亲的权威，在家庭里，有时比父亲的还大，·而且更无微不至。

也许有人说，母亲应该管教孩子。天下往往有溺爱不明的母亲，对于孩子百般娇纵，使得孩子从小就无所不为。那样的母亲是值得反对的，不错。不过这里应该注意的是，这种母亲之应反对，是在她对于儿女没有教，却不在于没有打。

"扑作教刑"，老例是以打为教，寓教于打，打教合一的。其实两者却势不两立。打是一件最方便最容易的事情，只需用手就行；教则要方法，必须麻烦更尊贵的东西：脑；而有些人的脑又是根本不合用的。人都有一种惰性，喜欢避重就轻，避难就易；既然用手可以解决，何必惊动脑呢？脑是个用则灵，不用则钝的东西，不用过久，就会变成猪油，纵然本有教的方法也会消失，更不要希望它会产生新方法来。何况人都喜欢任性，打是件任性的事；习惯又会变成自然，打成习惯了，想改掉也很难。扑作教刑，结果就一定只有打而没有教了。

倘肯首先停止打，就算一时没有教的方法，只要肯用脑，总会想出，学会的。

然而中国受专制思想的影响太久，中国的人性往往对强暴者是驯羊，对柔弱者却是暴君。俗话说："十年媳妇十年磨，再过十年做婆婆！"意思是做媳妇时，无论受怎样的折磨，都应一声不响，终有一天，会"一朝权在手，便把令来行"的。至于对柔弱者的同情，似乎向来就不发达。中国的妇女受的压迫太厉害，生活太枯燥，活动范围太狭窄，知识水准太低。这都会使人变成度量窄小，急于找寻发泄郁闷的对象的。而这对象，在家庭里，除了锅盘碗盏，鸡犬牛羊之外，也实在只有孩子们了。

像这样说来，怎样做母亲，倒是个大问题；叫母亲不打孩子，不但不是探本之论，或者反而有些不近人情。好在我的文章，不会被每个母亲都看见，中国现在多数的母亲，恐怕也没有看文章的能力，习惯，乃至自由，反正不会有大影响。我的本意也不过在向有志于做母亲者以及有志于劝人做母亲者说说，使一两个小朋友或可因此而少挨一两次打而已。

怎样做母亲呢？让别人去讲大道理吧，我却只有两个字：不打。

写于1940年12月6日，桂林

二

冬天，天一下就黑了。母亲和我关了堂屋的格门，摸黑坐了一会，起来点燃了桌上的清油灯，转面对我说："读夜书！"我只得从袖子里伸出手来，把书本子都拿出来。我过了十岁了，书也读多了，现在读《左传》，一段段挺长的，还要读六本"四书"，四本《诗经》，一共十本"搭书"，每本一小段。

这是每天早晨要向先生"背"的。所以必得先晚读熟。我拿书，母亲也端出她装棉条之类的纺花簸箕，坐在纺车前，在我开声之前就呜呜地纺起来了。我也扯起喉咙喊："君子曰，颍考叔纯孝也，爱其母施及庄公……"这时，灯是两根灯草，亮通通的，车子响，书声大，有时回头看见影子照在墙上，虽然只两个人，一时也蛮热闹似的。天气也似暖和了。我喊了半天，口都喊干了，我说："妈，睡吧，瞌睡来了！"她说："瞎说，我还只纺完一根棉条哩！"我的天，我知道她还要纺完四五根哩。不知她多会纺花，有时嘎嘎（姥姥）来，仔细看她纺的线子，"二姑，你纺得真匀，像激筒激的"。嘎嘎一称赞，她就纺得越起劲，一天纺四两棉条，还要收拾屋子，做饭——别提做饭了，有时吃得真坏，就只一碗"糊涂"（用大米粉搅的"稀粥"，吃了一泡尿一撒就饿了）——刷锅、洗碗、洗衣服，事多的哩。

　　母亲终于说："好了！"我看她未纺到那么多，"把房里的灯点燃去！"我照她说的办，她就收拾了纺花家什，进房里来了。但进房不是睡觉，而是搬出她的书来。母亲并不认得多少字，有时还有字要问我。但她的书却比我的多，有好几部书都是"草版"，即木刻本，与"洋版"（石印、铅印、铜版）不同。这几部书是《再生缘》《锦上花》《二度梅》《梁山伯祝英台》《柳荫记》，她一辈子轮来转去，读这几部书，这些书不知从哪里来的，未见多一本，也未见少一本。这时，她坐在灯下，唱她的陈杏元或孟丽君。读过夜书，我还要坐着听她唱。

一面唱，一面还解释，问我懂不懂，其实我前年就懂了。因为只要爹到外地做事去了，只要是冷天，她总会这样唱，解释，问懂不懂。只要是爹不在家，无论她唱多久，都是没有什么指望的。这回却说："儿，看茶还热不热，跟我筛一杯来。"她一尝，茶还热。她喝了一口说："口里没味，喝杯咸茶吧。"问我喝不喝？我只好说喝。其实心里是想吃点什么。于是一同喝，不知几十个眼钱一斤的什么野树叶子，说是茶叶，一年到头，一天到晚，就喝这个，再加点盐，其好喝可想。但喝时却实在津津有味，越喝越想喝。要不是母亲说怕我尿床，不许喝了，我不知会喝多少。如今，我离家乡六十几年，新陈茶、热冷开水、自来水，甚至很脏的生水，什么没喝过，就是没喝过咸茶，有时想起来还觉得很有味的。母亲也到外面来跟我们过过，有时我逗她："妈，口里怪没味的，咱们喝杯咸茶吧！"她就笑着说："我们是那样过日子的，早像现在这样过也过不起来，你怕我不饿不馋，不想吃好一点，没法，大家熬着些吧！"看来，她对外面的生活是很满足了，但这还说的是抗战前在上海时的那穷生活哩。

　　且说就在当时，以及以后年把两年，也常常听她唱她的书。我呢，说懂什么事，是什么也不懂的；说不懂，又好像懂一点半点。有时我想，母亲读这些书时，心里想什么呢？比如在十八相送时祝英台用种种方法暗示自己是女的，想梁山伯来怎么她，多不要脸！幸而梁山伯是个笨不可及的正人君子，明白她是女的了，又怎么办呢？没有父母之命媒妁之言是肯定的，能够私自成亲么？成了亲家里不认账谁也看不起又怎么办呢？又如陈杏元和梅良玉，虽是许婚了，但还未成亲，却私自来往，还重台分别，痛哭流涕，其实都是丑事。又如孟丽君，已经许配给别人了，还在朝廷里和皇帝勾勾搭搭，成什么话呀！而母亲却常看这种书，有时似乎还掉过泪。她究竟是同情她们还是反对她们呢？真猜不透母亲的心理。当然，这想法不是一下就形成的。

这事，后来在外面也问过她，她答得极简单明白。她说："若说心里想什么，我是糊里糊涂，未想过什么。多少事想不通，也还不是过了。至于读书，就因为那些书是闲书呵，是混时候的，对它认什么真？孙悟空一个筋斗十万八千里，谁也不相信真有此事。何止梁山伯祝英台、陈杏元梅良玉？不管书上怎么说，日子应该怎么过还是怎么过。且如你读的正经书，你照它办了么？'学而时习之'，我就没见你'时习之'，你不也过了么？"多年疑团，一朝顿解，反问得我哑口无言。不过，后来我又想，母亲的这段话，也未必全是真话。她的心里比我想象的复杂得多。生活是不由自主地不得不过，而书则是精神寄托，神游于生活之上的。虽然她自己的话不是这样说的。

一出自聂绀弩：《怎样做母亲》，《蛇与塔》
桂林文献出版社1941年版
二出自聂绀弩：《成书与闲书》，《聂绀弩全集·4》
武汉出版社2004年版

合欢树

史铁生

　　十岁那年，我在一次作文比赛中得了第一。母亲那时候还年轻，急着跟我说她自己，说她小时候的作文作得还要好，老师甚至不相信那么好的文章会是她写的。"老师找到家来问，是不是家里的大人帮了忙。我那时可能还不到十岁呢。"我听得扫兴，故意笑："可能？什么叫可能还不到？"她就解释。我装作根本不再注意她的话，对着墙打乒乓球，把她气得够呛。不过我承认她聪明，承认她是世界上长得最好看的女的。她正给自己做一条蓝底白花的裙子。

　　二十岁，我的两条腿残废了。除去给人家画彩蛋，我想我还应该再干点别的事，先后改变了几次主意，最后想学写作。母亲那时已不年轻，为了我的腿，她头上开始有了白发。医院已经明确表示，我的病目前没办法治。母亲的全副心思却还放在给我治病上，到处找大夫，打听偏方，花很多钱。她倒总能找来些稀奇古怪的药，让我吃，让我喝，或者是洗、敷、熏、灸。"别浪费时间啦！根本没用！"我说。我一心只想着写小说，仿佛那东西能把残疾人救出困境。"再试一回，不试你怎么知道会没用？"她说每一回都虔诚地抱着希望。然而对我的腿，有多少回希望就有多少回失望。最后一回，我的胯上被熏成烫伤。医院的大夫说，这实在太悬了，对于瘫痪病人，这差不多是要命的事。我倒没太害怕，心想死了也好，死了倒痛快。母亲惊惶了几个月，昼夜守着我，一换药就说："怎么会烫了呢？我还直留神呀！"幸亏伤口好起来，不然她非疯了不可。

后来她发现我在写小说。她跟我说："那就好好写。"我听出来，她对治好我的腿也终于绝望。"我年轻的时候也最喜欢文学。"她说。"跟你现在差不多大的时候，我也想过搞写作。"她说。"你小时候的作文不是得过第一？"她提醒我说。我们俩都尽力把我的腿忘掉。她到处去给我借书，顶着雨或冒了雪推我去看电影，像过去给我找大夫，打听偏方那样，抱了希望。

三十岁时，我的第一篇小说发表了，母亲却已不在人世。过了几年，我的另一篇小说又侥幸获奖，母亲已经离开我整整七年。

获奖之后，登门采访的记者就多。大家都好心好意，认为我不容易。但是我只准备了一套话，说来说去就觉得心烦。我摇着车躲出去。坐在小公园安静的树林里，想：上帝为什么早早地召母亲回去呢？迷迷糊糊的，我听见回答："她心里太苦了。上帝看她受不住了，就召她回去。"我的心得到一点安慰，睁开眼睛，看见风正在树林里吹过。

我摇车离开那儿，在街上瞎逛，不想回家。

母亲去世后，我们搬了家。我很少再到母亲住过的那个小院儿去。小院儿在一个大院儿的尽里头，我偶尔摇车到大院儿去坐坐，但不愿意去那个小院儿，推说手摇车进去不方便。院儿里的老太太们还都把我当儿孙看，尤其想到我又没了母亲，但都不说，光扯些闲话，怪我不常去。我坐在院子当中，喝东家的茶，吃西家的瓜。有一年，人们终于又提到母亲："到小院儿去看看吧，你妈种的那棵合欢树今年开花了！"我心里一阵抖，还是推说手摇车进出太不易。大伙就不再说，忙扯些别的，说起我们原来住的房子里现在住了小两口，女的刚生了个儿子，孩子不哭不闹，光是瞪着眼睛看窗户上的树影儿。

我没料到那棵树还活着。那年，母亲到劳动局去给我找工作，回来时在路边挖了一棵刚出土的"含羞草"，以为是含羞草，种在花盆里长，竟是一棵合欢树。母亲从来喜欢那些东西，但当时心思全在别处。第二年合欢树没有发芽，母亲叹息了一回，还不舍得扔掉，依然让它长在瓦盆里。第三年，合欢树却又长出叶子，而且茂盛了。母亲高兴了很多天，以为那是个好兆头，常去侍弄它，不敢再大意。又过一年，她把合欢树移出盆，栽在窗前的地上，有时念叨，不知道这种树几年才开花。再过一年，我们搬了家，悲痛弄得我们都把那棵小树忘记了。

与其在街上瞎逛，我想，不如就去看看那棵树吧。我也想再看看母亲住过的那间房。我老记着，那儿还有个刚来到世上的孩子，不哭不闹，瞪着眼睛看树影儿。是那棵合欢树的影子吗？小院儿里只有那棵树。

院儿里的老太太们还是那么欢迎我，东屋倒茶，西屋点烟，送到我跟前。大伙都不知道我获奖的事，也许知道，但不觉得那很重要；还是都问我的腿，问我是否有了正式工作。这回，想摇车进小院儿真是不能了。家家门前的小厨房都扩大，过道窄到一个人推自行车进出也要侧身。我问起那棵合欢树。大伙说，年年都开花，长到房高了。这么说，我再看不见它了。我要是求人背我去看，倒也不是不行。我挺后悔前两年没有自己摇车进去看看。

我摇着车在街上慢慢走，不急着回家。人有时候只想独自静静地待一会。悲伤也成享受。

有一天那个孩子长大了，会想起童年的事，会想起那些晃动的树影儿，会想起他自己的妈妈。他会跑去看看那棵树。但他不会知道那棵树是谁种的，是怎么种的。

原载《文汇月刊》，1985年第6期

写给母亲

贾平凹

一

在我四十岁以后，在我几十年里雄心勃勃所从事的事业、爱情遭受了挫折和失意，我才觉悟了做儿子的不是。母亲的伟大不仅在于生下血肉的儿子，还在于她并不指望儿子的回报，不管儿子离她多远又回来多近，她永远使儿子有亲情，有力量，有根有本。人生的车途上，母亲是加油站。

母亲一生都在乡下，没有文化，不善说会道，飞机只望见过天上的影子。她并不清楚我在远远的城里干什么，唯一晓得的是我能写字，她说我写字的时候眼睛在不停地眨，就操心我的苦："世上的字能写完？！"一次一次地阻止我。前些年，母亲每次到城里小住，总是为我和孩子缝制过冬的衣物，棉花垫得极厚，总害怕我着冷，结果使我和孩子都穿得像狗熊一样笨拙。她过不惯城里的生活，嫌吃油太多，来人太多，客厅的灯不灭，东西一旧就扔，说："日子没乡下整端。"最不能忍受我打骂孩子，孩子不哭，她却哭，和我闹一场后就生气回乡下去，母亲每一次都高高兴兴来，每一次都生了气回去。回去了，我并未思念过她，甚至一年一年的夜里不曾梦着过她。母亲对我的好是我不能察觉的母亲对我的好，当我得意的时候我忘记了母亲的存在，当我有委屈了就想给母亲诉说，当着她的面哭一鼻子。

母亲姓周，这是从舅舅那里知道的，但母亲叫什么名字，十二岁那年，一次与同村的孩子骂仗——乡下骂仗以高声大叫对方父母名字为最解气的——她父亲叫鱼，我骂她："鱼，鱼，河里的鱼!"她骂我："蛾，蛾，小小的蛾!"我清楚了母亲是叫周小娥的。大人物之所以是大人物，是名字被千万人呼喊，母亲的名字我至今没有叫过，似乎也很少听老家村子里的人叫过，但母亲不是大人物却并不失却她的伟大，她的老实、本分、善良、勤劳在家乡有口皆碑。现在有人讥讽我有农民的品性，我并不羞耻，我就是农民的儿子，母亲教育我的忍字，使我忍了该忍的事情，避免了许多祸灾发生，而我的错误在于忍了不该忍的事情，企图委曲求全却未能求全。

七年前，父亲做了胃癌手术。我全部的心思都在父亲身上。父亲去世后，我仍是常常梦到父亲，父亲依然还是有病痛的样子，醒来就伤心落泪，要买了阴纸来烧。在纸灰飞扬的时候，突然间我会想起乡下的母亲，又是数日不安，也就必会寄一笔钱到乡下去，寄走了钱，心安理得地又投入到我的工作中了，心中再也没有母亲的影子。老家的村子里，人都在夸我给母亲寄钱，可我心里明白，给母亲寄钱并不是我心中多么有母亲，完全是为了我的心理平衡，而母亲收到寄去的钱总舍不得

写给母亲

花，听妹妹说，她把钱没处放，一卷一卷塞在床下的破棉鞋里，几乎让老鼠做了窝去。我埋怨过母亲，母亲说："我要那么多钱干啥？零着攒下了将来整着给你，你们都精精神神了，我喝凉水都高兴的，我现在又不至于喝着凉水！"去年回去，她真的把积攒的钱要给我，我气恼了，要她逢集赶会了去买个零嘴吃，她果然一次买回了许多红糖，装在一个瓷罐儿里，但凡谁家的孩子去她那儿了，就三个指头一捏，往孩子嘴里一塞，再一抹。孩子们为糖而来，得糖而去，母亲笑着骂着："喂不熟的狗！"末了就呆呆地发半天愣。

母亲在晚年是寂寞的，我们兄妹就商议了，主张她给大妹看管孩子，有孩子占心，累是累些，日月总是好打发的吧。小外甥就成了她的尾巴，走到哪儿带到哪儿，一次婆孙到城里来，见我书屋里挂有父亲的遗像，她眼睛就潮了，说："人一死就有了日子了，不觉是四个年头！"我忙劝她，越劝她越流下泪来。外甥偏过来对着照片要爷爷，我以为母亲更要伤心的，母亲却说："爷爷埋在土里了。"孩子说："土里埋下什么都长哩，爷爷埋在土里怎么不再长个爷爷？"母亲竟没有恼，倒破涕而笑了。母亲疼孩子爱孩子，妹妹当着众人面要骂孩子没出息，这般地大了夜夜还要噙着她的奶头睡觉，孩子就盖了脸，过来捂她的嘴不让说，两人绞在一起倒在地上，母亲笑得直喘气，我和妹妹批评过母亲太娇惯孩子，她就说："我不懂教育嘛，你们怎么现在都英英武武的？！"我们拗不过她，就盼外甥永远长这么大。可外甥如庄稼苗一样，见风生长，不觉今年要上学了，母亲显得很失落，她依然住在妹妹家，急得心火把嘴角都烧烂了。我想，如果母亲能信佛，每日去寺院烧香，回家念经就好了，但母亲没有那个信仰。后来总算让邻居的老太太们拉着天天去练气功，我们做儿女的心才稍有了些踏实。

　　小时候，我对母亲的印象是她只管家里人的吃和穿，白日除了去生产队出工，夜里总是洗萝卜呀，切红薯片呀，或者纺线，纳鞋底，在门闩上拉了麻丝合绳子。母亲不会做大菜，一年一次的蒸碗大菜，父亲是亲自操作的，但母亲的面条擀得最好，满村出名。家里一来客，父亲说："吃面吧。"厨房里一阵案响，一阵风箱声，母亲很快就用箅盘端上几碗热腾腾的面条来。客人吃的时候，我们做孩子的就被打发着去村巷里玩，玩不了多久，我们就偷偷溜回来，盼着客人是否吃过了，是否有剩下的，果然在锅里就留有那么一碗半碗。在那困难的年月里，纯白面条只是待客，没有客人的时候，中午可以吃一顿包谷糁面，母亲差不多是先给父亲捞一碗，然后下些浆水和菜，连菜带面再给我们兄妹捞一碗，最后她的碗里就只有包谷糁和菜了。那时少粮缺柴的，生活苦巴，我们做孩子的并不愁容满面，平日倒快活得要死，最烦恼的是帮母亲推磨子了。常常天一黑母亲就收拾磨子，在麦子里掺上白包谷或豆子磨一种杂面，偌大的石磨她一个人推不动，就要我和弟弟合推一个磨棍，月明星稀之下，走一圈又一圈，昏头晕脑地发迷怔。磨过一遍了，母亲在那里过箩，我和弟弟就趴在磨盘上瞌睡。母亲

写给母亲

喊我们醒来再推，我和弟弟总是说磨好了，母亲说再磨几遍，需要把麦麸磨得如蚊子翅膀一样薄才肯结束。我和弟弟就同母亲吵，扔了磨棍怄气。母亲叹叹气，末了去敲邻家的窝子，哀求人家："二嫂子，二嫂子，你起来帮我推推磨子！"人家半天不吱声，她还在求，说："咱换换工，你家推磨子了，我再帮你……孩子明日要上学，不敢耽搁娃的课的。"瞧着母亲低声下气的样子，我和弟弟就不忍心了，揉揉鼻子又把磨棍拿起来。母亲操持家里的吃穿琐碎事无巨细，而家里的大事，母亲是不管的，一切由当教师的星期天才能回家的父亲做主。在我上大学的那些年，每次寒暑假结束要进城，头一天夜里总是开家庭会，家庭会差不多是父亲主讲，要用功学习呀，真诚待人呀，孔子是怎么讲，古今历史上什么人是如何奋斗的，直要讲两三个小时。母亲就坐在一边，为父亲不住吸着的水烟袋卷纸媒，纸媒卷了好多，便袖了手打盹。父亲最后说："你妈还有啥说的？"母亲一怔方清醒过来，父亲就生气了："瞧你，你竟能睡着？！"母亲只是笑着，说："你是老师能说，我说啥呀？"大家都笑笑，说天不早了，睡吧，就分头去睡。这当儿母亲却精神了，去关院门，关猪圈，检查柜盖上的各种米面瓦罐是否盖严了，防备老鼠进去，然后就收拾我的行李，然后一个人去灶房为我包天明起来要吃的素饺子。

父亲去世后，我原本立即接她来城里住，她不来，说父亲三年没过，没过三年的亡人会有阳灵常常回来的，她得在家顿顿往灵牌前供献饭菜。平日太阳暖和的时候，她也去和村里一些老太太们抹花花牌，她们玩的是两分钱一个注儿，每次出门就带两角钱三角钱，她塞在袜筒里。她养过几只鸡，清早一开鸡棚，——要在鸡屁股里揣揣有没有蛋要下，若揣着有蛋，半晌午抹牌就半途赶回来收拾产下的蛋。可她不大吃鸡蛋，只要有人来家坐了，却总热情着要烧煎水，煎水里就卧荷包蛋。每年院里的梅李熟了，总摘一些留给我，托人往城里带，没人进城，她一直给我留着，"平爱吃酸果子"，她这话要唠叨好长时间，梅李就留到彻底腐烂了才肯倒去。她在妹妹家学练了气功，我去看她，未说几句话就叫我到小房去，一定要让我喝一个瓶子里的凉水，不喝不行，问这是怎么啦，她才说是气功师给她的信息水，治百病的，"你要喝的，你一喝肝病或许就好了！"我喝了半杯，她就又取苹果橘子让我吃，说是信息果。

我成不成为什么专家名人，母亲一向是不大理会的，她既不晓得我工作的荣耀，我工作上的烦恼和苦闷也就不给她说。一部《废都》，国之内外怎样风雨不止，我受怎样的赞誉和攻击，母亲未说过一句话。当知道我已孤单一人，又病得入了院，她悲伤得落泪，要到城里来看我，弟妹不让她来，不领她，她气得在家里骂这个骂那个，后来冒着风雪来了，她的眼睛已患了严重的疾病，却哭着说："我娃这是什么命啊？！"

我告诉母亲，我的命并不苦的，什么委屈和劫难我都可以受得，少年时期我上山砍柴，挑百十斤的柴担在山砭道上行走，因为路窄，不到固定的歇息处是不能放下柴担的，肩膀再疼腿再酸也不能放下柴担的，从那时起我就练出了一股韧

写给母亲

劲。而现在最苦的是我不能亲自伺候母亲！父亲去世了，作为长子，我是应该为这个家操心，使母亲在晚年活得幸福，但现在既不能照料母亲，反倒让母亲还为儿子牵肠挂肚，我这做的是什么儿子呢？把母亲送出医院，看着她上车要回去了，我还是掏出身上仅有的钱给她，我说，钱是不能代替了孝顺的，但我如今只能这样啊！母亲懂得了我的心，她把钱收了，紧紧地握在手里，再一次整整我的衣领，摸摸我的脸，说我的胡子长了，用热毛巾揩揩，好好刮刮，才上了车。眼看着车越走越远，最后看不见了。我回到病房，躺在床上开始打吊针，我的眼泪默默地流下来。

二

　　人活着的时候，只是事情多，不计较白天和黑夜，人一旦死了日子就堆起来；算一算，再有二十天，我妈就三周年了。

　　三年里，我一直有个奇怪的想法，就是觉得我妈没有死，而且还觉得我妈自己也不以为她就死了。常说人死如睡，可睡的人是知道要睡去，睡在了床上，却并不知道在什么时候睡着的呀。我妈跟我在西安生活了十四年，大病后医生认定她的各个器官已在衰竭，我才送她回棣花老家维持治疗。每日在老家挂上液体了，她也清楚每一瓶液体完了，儿女们会换上另一瓶液体的，所以便放心地闭了眼躺着。到了第三天的晚上，她闭着的眼再没有睁开，但她肯定还是认为她在挂液体了，没有意识到从此再不醒来，因为她躺下时还让我妹把给她擦脸的毛巾洗一洗，梳子放在了枕边，系在裤带上的钥匙没有解，也没有交代任何后事啊。

三年以前我每打喷嚏，总要说一句：这是谁想我呀？我妈爱说笑，就接着说：谁想哩，妈想哩！这三年里，我的喷嚏尤其多，往往错过吃饭时间，熬夜太久，就要打喷嚏，喷嚏一打，便想到我妈了，认定是我妈还在牵挂我哩。我妈在牵挂着我，她并不以为她已经死了，我更是觉得我妈还在，尤其我一个人静静地待在家里，这种感觉就十分强烈。我常在写作时，突然能听到我妈在叫我，叫得很真切，一听到叫声我便习惯地朝右边扭过头去。从前我妈坐在右边那个房间的床头上，我一伏案写作，她就不再走动，也不出声，却要一眼一眼看着我，看得时间久了，她要叫我一声，然后说：世上的字你能写完吗，出去转转么。现在，每听到我妈叫我，我就放下笔走进那个房间，心想我妈从棣花来西安了？当然房间里什么也没有，却要立上半天，自言自语我妈是来了又出门去街上给我买我爱吃的青辣子和萝卜了，或许，她在逗我，故意藏到挂在墙上的她那张照片里，我便给照片前的香炉里上香，要说上一句：我不累。

整整三年了，我给别人写过了十多篇文章，却始终没给我妈写过一个字，因为所有的母亲，儿女们都认为是伟大又善良，我不愿意重复这些词语。我妈是一位普通的妇女，缠过脚，没有文化，户籍还在乡下，但我妈对于我是那样的重要。已经很长时间了，虽然再不为她的病而提心吊胆了，可我出远门，再没有人啰啰唆唆地叮咛着这样叮咛着那样，我有了好吃的好喝的，也不知道该送给谁去。

在西安的家里，我妈住过的那个房间，我没有动一件家具，一切摆设还原模原样，而我再没有看见过我妈的身影，我一次又一次难受着又给自己说，我妈没有死，她是住回乡下老家了。今年的夏天太湿太热，每晚被湿热醒来，恍惚里还想着该给我妈的房间换个新空调了，待清醒过来，又宽慰着我妈在乡下的新住处里，应该是清凉的吧。

三周年的日子一天天临近，乡下的风俗是要办一场仪式的，我准备着香烛花果，回一趟棣花了。但一回棣花，就要去坟上，现实告诉着我妈是死了，我在地上，她在地下，阴阳两隔，母子再也难以相见，顿时热泪肆流，长声哭泣啊。

2010年8月16日

一原载《家庭》，1994年第2期
二原载《当代陕西》，2010年第9期

母亲的第一次人生经历

牛　汉

　　对一个孩子来说，母亲是怎么来到人世上的，当然不知道；作为人之子的他或她，也从来不会问这个问题。在孩子的心灵里，母亲的来历和存在，就像天怎么有的，地怎么有的，那么神圣而永恒。

　　我的母亲诞生的那个时刻，就面临着死亡。她还没有记忆，不可能理解，更说不上忘却或不忘却，但她经受了对死的体验。

　　我十岁左右，大我十四岁的三舅从北京清华大学放暑假回到待阳村家里。我年年盼着这一天。三舅是个爱热闹的红脸汉子。我不请自来，欢天喜地到姥姥家住十天八天。我是姥姥家的第一个外孙。我们家乡有句谚语："外孙是条狗，吃够了就走。"三舅笑着对我说："你这条狗吃够了也不走。"姥姥家的吃食比我家好得多，断不了吃莜面。还有，三舅知道我自小爱画画，总要为我带回几本有画的书，我就像蟑螂叮着蜂蜜似的，不抬头地连看几天，第一次晓得世界上有个画小东小西的齐白石。三舅领着我和几个小表弟村里村外到处玩。一到黄昏，他就带着我们登梯子上房，学公鸡打鸣，教我们唱"泪珠儿流尽了……"的凄凄切切哭一般的洋歌子。我还不到体会这种感情的年龄，却能唱得很恸，跟三舅的唱腔很像。我善于模仿。

一天早晨，三舅和我经过姥姥家的磨坊，这磨坊是到村里街上去的必经之路，他停下来，指着黑暗的东南墙角，说："你妈一生下就被扔到了这里。"我听不懂三舅的话，是不是人生下来扔到这里才能活？就像谷子非得撒到地里才长。我只觉得这里太脏、太暗，人不该生在这里。从我记事时起，这个墙角总堆着一堆干粪。我妈生下来怎么被扔在这里，她不是活得结结实实的吗？我还是头一次听说有这回事。一定是三舅跟我说笑话。我不信。但是三舅为什么平白无故地说这番话呢？我问三舅："真有这事？"三舅说："真有。"三舅不像平时说话那么爽朗，声音很低，这是从来没有过的，他说话从来是大嗓门，因此我有点相信了。我问他："谁扔的？""你的姥爷，我的爹。""为什么单要扔掉我妈，不扔掉大姨二姨？"我几乎哭了起来。我有点不理解，也有点替我姥爷羞愧。姥爷平常最疼我妈。三舅接着给我解释："因为你姥姥连着生了两个闺女，盼着生个小子，可偏偏第三胎又是个臭闺女，你姥爷一气之下，就把你妈扔到了这磨坊里。"

这一天，我心里一直很难过，想马上回家去问问我妈。我知道母亲是农历三月初五丑时生的，正当后半夜，天气还很冷。我越想越恐怖，越想越难过，全身像掉进冰窟窿，里外都冷透了。我怀疑是一场噩梦，三舅与我一定是在梦中。我越想越像是一场梦。我不愿向谁打听这件事。心里闷，吃饭都不香了。

有一天，我实在憋闷不住了，就跑去问老长工，如果老长工说那天夜里他没有听见我妈的哭声，就证明是个梦。我小跑着穿过磨坊，不敢看那个墙角。老长工正在院子里，刚刚卸了车套，牵着骡子在地上打滚，掀起一蓬热烘烘的尘土。我没头没脑地问老长工："我妈在磨坊里哭，你听到没有？"老长工愣住了："你问我什么？"我又大声重复了一遍。他莫名其妙。后来，他看到我眼睛里噙满了泪花，似乎醒悟了，对我说："你等一等，我全对你说……"他把牲口牵到圈里拴好，走到我身边，说："我全记得，哭声我听到了。"我真希望他说没有听见。我的梦境完全碎了。我哭出了声。

我为什么断定老长工能听见我妈被扔到磨坊的哭声呢？因为磨坊跟长工家的住房是一排，中间只隔着一间牲口圈，夜那么静，准定能听见哇哇的哭声。老长工搂着我抖颤的身子，说："你妈的命真硬。她的哭声出奇地大，全村人都能听清，我还没有听过刚生下的娃娃能哭得那么有劲儿，你姥爷把你妈朝磨坊一丢就走了。我们一家人都醒了，那一夜再没有睡。连圈里的两头骡子都咴咴地惊叫起来，蹄子咚咚着地蹬踏着地……"

他没有说完，我就急着问他："大伯，你把我妈的命救下了。"老长工顿时哭了起来："不是，不是我救的。""那是我

母亲的第一次人生经历

大娘救的？"老长工伤心地说："也不是你大娘。"我把老长工的老婆叫大娘，他们一家人都很厚道，大娘跟我妈的交情很好。我真不懂他们为什么见死不救。我又问老长工："你们为什么不救我妈？连骡子都可怜我妈，蹄子咚咚地敲着地，不就是叫你们赶紧去救人吗？"老长工哭着对我说："谁敢去救？我和你大娘不敢。你姥爷早就放出话：再生一个闺女就摔死她！""为什么没摔死？""你姥爷后来对人说，你妈哭得太凶，手脚乱动，非常有劲。你姥爷把她抓不牢，只好扔到墙角就算了，他想摔不死也会冻死，可那墙角正好有一堆干粪，你妈被摔上去，身上沾了一身干粪，好比穿了一身衣裳，才没冻死。""是谁把我妈救回去的？""是一个锅头上干活的女人。前几年才死了。那个锅头上的女人，眼睁着你姥爷从接生婆手里夺过红腾腾的冒热气的娃娃，倒提着走出了家门，娃娃一路哭叫。锅头上的女人看着心酸，悄悄地跑到磨坊，把你妈抱到她的屋子里。你妈已冻得铁青。锅头上的女人不敢告诉给谁，连你姥姥都瞒着，她把你妈在热炕头焐了两天，到村子求一点人奶，才好歹没有饿死。第三天，锅头上的女人把娃娃抱给你姥姥。你姥姥搂着娃娃直哭。可是，娃娃，就是你妈，不但不哭，还对着你姥姥咧开嘴巴笑。她越是笑，你姥姥越哭得伤心。都说你妈的命硬。她那个哭声，我活了几十年，从没有听到过，真不像是刚生下的娃娃的哭声，她像是懂得死……"

母亲活了七十岁，从不提她的这第一次辛酸的人生经历。

我听她对姐姐说过一句话:"女人的命,就得硬些!"姐姐忠厚
得近于窝囊。家里人都说我的性子像我母亲。

原载《当代》,1991年第2期

原题为《童年二题》

母亲

王　蒙

　　我的母亲本名董玉兰，后改为董毓兰，解放后参加工作时正式命名为董敏。

　　父亲多次对我说过，策划他的婚姻事时他提出了两点要求，一个是他要看一下本人，就是说要目测一下；一个是此人必须上学。后来就在沧县第二中学，他看了一眼，接受了这项婚事。我的外祖父就是二中的校医嘛。媒人是一个老文人，名叫王季湘。在我上小学以后，王老先生来过我家，我母亲说他做错了这件事，害了她一生。

　　母亲个子不高，不大的眼睛极有神采，她常常不能控制自己的表情，转眼珠想主意，或者突然现出笑容或怒容。

　　她是解放脚，即缠足后再放开。母亲上过大学预科，解放后曾长期做小学教师。她出生于一九一二年，一九六七年退休，是养老金领取者。她善于辞令，敢说话；敢冲敢闯，虽然常常用词不当，如祝贺一个人的成就时说你真侥幸——原意是说你很幸运。

　　我想她也过过短暂的快乐的日子，我上小学以前，她曾每周定期到北京的一个庙会点，西城的护国寺学唱京剧。很巧，现在护国寺也是专用的京剧剧场人民剧场所在地，还是梅兰芳故居所在地。我很小就听她唱《苏三起解》的西皮流水。

此后，她曾与她的姐姐董芝兰（后名董效，后在户口上的用名是董学文）两个人共谋一项事由（职业）：北京女一中图书仪器管理员。有两个女生与她们二人交往，一名白艺，一名柏淑清。她们四人一起学唱《天涯歌女》、《四季歌》和《卖杂货》，这三首周璇唱红了的歌曲，也是我与姐姐王洒最早学会的三首流行歌曲。

母亲也读书，冰心、巴金、张恨水、徐志摩她都读过。她知道了许多"五四"带来的新思想，她直到很老了还多次说过，越懂得一点新思想，她就越是痛恨痛惜痛苦，她恨得咬牙切齿，为什么人家就能过那样的人生，而她的人生是那样倒够了血霉，她的人生只有痛苦、屈辱、恶劣……

她不喝牛奶（老年后喝了），不吃奶油，不喝茶，当然，不吸烟也不喝酒，不吃馆子。所有上述享受她都认为太浪费，与父亲的习惯完全不同。

她喜欢听河北梆子，一说起《大蝴蝶杯》就来情绪。我以为大喊大叫的地方戏曲是一种对她的精神麻醉。

此外她的生活尤其是精神相当紧张，一个是一直经济困难，无保证；一个是她感觉她常常被人攥（骗）了。父亲对于家庭的财政支撑有时是灵感式、即兴式的，他声称给过家里不少的钱，但他也会无视家庭的固定需要而在毫无计算计划的情况下一高兴就把刚领到的月薪花掉一半去请客。父亲适合过富裕的生活，为此他习惯于借钱与赊账，有时是不负责任的赖皮式的赊账。我见过他怎样地对付来要账的小伙计，令人汗颜。而只要他富裕，他就优雅绅士，微笑快活，吃馆子，吃西餐，结交名流，请客，遇事慷慨解囊。他对俗务和他最缺少的银钱一万个瞧不起。他说过只要他的潜力发挥出来了，钱算得了什么？他说过自己适合当老板，不适合当雇员，适合有钱，不适合没钱。就是说，如果他当了有钱的老板，他会很宽厚，很仁德，说话行事都极漂亮。而作为一个贫穷的雇员，他简直就是一无可取，白白浪费嚼裹（消费品）。他极喜欢花钱，却拒绝考虑如何挣钱与还债，更不要说节约与储蓄。

然而，他面对的是常常吃了上顿没有下顿的妻儿与亲戚。这并不是戏剧场面，我的记忆里不止一次，到了吃晚饭的时候，母亲、姥姥、姨坐在一块发愁："面（粉）呢？没面了。米呢？没米了。钱呢？没钱了……"可以说是弹尽粮绝，只能断炊。然后挖掘潜力，巧妇专为无米之炊，找出一只手表、一件棉袄或是一顶呢帽，当掉或者卖掉，买二斤杂面（含绿豆粉的混合面粉）条，混过肚子一关。

这样母亲就对父亲极端不满意。她的精神紧张的更主要的原因是她无法与王锦第相处，不能信任她的丈夫。她同时渐渐发现了父亲的外遇，至少是父亲希望能有机会结识更多的年轻貌美新派洋派的女性。尤其是在父亲的校长职位被炒以后，我的外祖母董于氏（解放后报户口时起名于静贞）、姨妈董效到来之后。她们三个人经常做的一件事就是聚在一起，同仇敌忾

122
母亲

地研究防范和对付父亲的办法。

我当然无法做出判断，究竟是谁更加伤害了谁。我只记得从小他们就互相碾轧，互为石碾子。他们互相只能给予伤害和痛苦，而且殚精竭虑地有所作为——怎样能够多往要害处给对方一点伤害，以求得多一点胜利的喜悦。你伤我一分，我伤你十分，当然是我胜了。父亲曾经给过母亲他已经登记作废了的旧图章，做一切收入由母亲做主状，母亲立即喜笑颜开，如同苍天降福。而等到母亲去领薪的时候，才知道是上当受骗。

母亲下了狠招，她的一个直捅死穴的做法是搜集父亲交往的学界教育界人士乃至名流的名单名片，然后她一个个地突击拜访，宣称父亲如何地不负责任，如何地使妻儿老小陷入饥饿，如何行为不端。

这时候我们已从大翔凤搬至西城的南魏儿胡同十四号。最可怕的事情似乎发生在这个院子里。父亲住在北屋，墙上挂着郑板桥的字（拓印）"难得糊涂"。这幅字几十年后我在德国汉学家傅吾康的汉堡家中发现了，当然是父亲送给他的。我相信，父亲没有少向傅教授借过钱。

有许多发生在这所住房的场面至今令我毛骨悚然。父亲下午醉醺醺地回来。父亲几天没有回家，母亲锁住了他住的北屋，父亲回来后进不了房间，大怒，发力，将一扇门拉倒，进了房间。父亲去厕所，母亲闪电般地进入北屋，对父亲的衣服搜查，拿出全部——似乎也很有限——钱财。父亲与母亲吵闹，大打出手，姨妈（我们通常称之为二姨）顺手拿起了煤球炉上坐着的一锅沸腾着的绿豆汤，向父亲泼去……而另一回当三个女人一起向父亲冲去的时候，父亲的最后一招是真正南皮潞灌龙堂的土特产：脱下裤子……

写下这些我无地自容。也许这是王蒙的白痴，也许这是忤逆，是弥天的罪，是胡作非为，哪有一个人五人六的人能这样书写自己的父母，完全背弃了避讳的准则。是的，书写面对的是真相，必须说出的是真相，负责的也是真相到底真不真。我爱我的父亲，我爱我的母亲，我必须说到他们过着的是什么样的生活，我必须说到从旧中国到新世纪，中国人过的是什么样的生活。不论我个人背负着怎样的罪孽，怎样的羞耻和苦痛，我必须诚实和庄严地面对与说出。我愿承担一切此岸的与彼岸的、人间的与道义的、阴间的与历史的责任。如果说出这些会五雷轰顶，就轰我一个人吧。

南魏儿胡同十四号，父亲住北屋，姥姥和二姨住东屋，我、姐姐和母亲住南屋，院子里有一座大藤萝架，春天开着紫花，香气扑鼻，藤萝花可以和到面团里加上白糖做蒸饼。花开了结成大荚，那样雄壮和辉煌的大荚却没有用场。我小时候常常计划长大以后研究和开发藤萝荚。

有什么办法呢？在各种可怕的事件发生的同时，我保存着对于藤萝小院的欣赏，保持着开发藤萝荚的幻想。这才是王某。

高商校长之后，父亲到北师大与北大任讲师。后来此职也被炒。我们搬到了附近的受壁胡同十八号。父亲后来离开了北京，在兖州、徐州短期任教，后来到了青岛，任李庄师范学校校长。可叹的是在倒霉的时候，父亲在家里的表现好多了，说话和气，点头哈腰，作揖打恭，唯唯诺诺。母亲、二姨、姥姥，都庆幸父亲的"改邪归正"，还用了些"浪子回头金不换"的熟语以资鼓励。乡亲们也说是岁数再大一点自然就会好了……而只要他的情况好起来，他与家属的矛盾就进入白热化的阶段。原来，人的各种问题各种麻烦的出现，恰恰是自身的处境改善了好多了的表现，岂不悲哉？

出自王蒙：《王蒙自传第一部：半生多事》
花城出版社2006年版

我的母亲

汪曾祺

　　我父亲结过三次婚。我的生母姓杨。我不知道她的学名。杨家不论男女都是排行的。我母亲那一辈"遵"字排行，我母亲应该叫杨遵什么。前年我写信问我的姐姐，我们的母亲叫什么。姐姐回信说：叫"强四"。我觉得很奇怪，怎么叫这么个名呢？是小名么？也不大像。我知道我母亲不是行四。一个人怎么会连自己母亲的名字都不知道呢？因为我母亲活着的时候我太小了。

　　我三岁的时候，母亲就故去了。我对她一点印象都没有。她得的是肺病，病后即移住在一个叫"小房"的房间里，她也不让人把我抱去看她。我只记得我父亲用一个煤油箱自制了一个炉子。煤油箱横放着，有两个火口，可以同时为母亲熬粥，熬参汤、燕窝，另外还记得我父亲雇了一只船陪她到淮城去就医，我是随船去的。还记得小船中途停泊时，父亲在船头钓鱼，我记得船舱里挂了好多大头菜。我一直记得大头菜的气味。

　　我只能从母亲的画像看看她。据我的大姑妈说，这张像画得很像。画像上的母亲很瘦，眉尖微蹙。样子和我的姐姐很相似。

我母亲是读过书的。她病倒之前每天还写一张大字。我曾在我父亲的画室里找出一摞母亲写的大字，字写得很清秀。

前年我回家乡，见着一个老邻居，她记得我母亲。看见过我母亲在花园里看花——这家邻居和我们家的花园只隔一堵短墙。我母亲叫她"小新娘子"。"小新娘子，过来过来，给你一朵花戴。"我于是好像看见母亲在花园里看花，并且觉得她对邻居很和善。这位"小新娘子"已经是八十多岁的老太太了！

我还记得我母亲爱吃京冬菜。这东西我们家乡是没有的，是托做京官的亲戚带回来的，装在陶制的罐子里。

我母亲死后，她养病的那间"小房"锁了起来，里面堆放着她生前用的东西，全部嫁妆——"摞橱"皮箱和铜火盆，朱漆的火盆架子……我的继母有时开锁进去，取一两样东西，我跟着进去看过。"小房"外面有一个小天井。靠南有一个秋叶形的小花台。花台上开了一些秋海棠。这些海棠自开自落，没人管它。花很伶仃，但是颜色很红。

我的第一个继母娘家姓张。她们家原来在张家庄住，是个乡下财主。后来在城里盖了房子，才搬进城来。房子是全新的，新砖，新瓦，油漆的颜色也都很新。没有什么花木，却有一片很大的桑园。我小时就觉得奇怪，又不养蚕，种那么多桑树做什么？桑树都长得很好，干粗叶大，是湖桑。

我的继母幼年丧母，她是跟姑妈长大的，姑妈家姓吴。继母的姑妈年轻守寡。她住的房子二梁上挂着一块匾，朱地金字："松贞柏节"，下款是"大总统题"。这大总统不知是谁，是袁世凯？还是黎元洪？吴家家境不富裕，住的房子是张家的三间偏房。老姑奶奶有两个儿子，一个叫大和子，一个叫小和子。两个儿子都没上学校，念了几年私塾，专学珠算。同年龄的少年学"鸡兔同笼"，他们却每天打"归除""斤求两，两求斤"。他们是准备到钱庄去学生意的。

我的继母归宁，也到她的继母屋里坐坐，但大部分时间都在这三间偏房里和姑妈在一起。我父亲到老丈人那边应酬应酬，说些淡话，也都在"这边"陪姑妈闲聊。直到"那边"来请坐席了，才过去。

继母身体不好。她婚前咳嗽得很厉害，和我父亲拜堂时是服用了一种进口的杏仁露压住的。

她是长女，但是我的外公显然并不钟爱她。她的陪嫁妆奁是不丰的。她有时准备出门做客，才戴一点首饰。比较好的首饰是副翡翠耳环。有一次，她要带我们到外公家拜年，她打扮了一下，换了一件灰鼠的皮袄。我觉得她一定会冷。这样的天气，穿一件灰鼠皮袄怎么行呢？然而她只有一件皮袄。我忽然对我的继母产生一种说不出来的感情。我可怜她，也爱她。

后娘不好当。我的继母进门就遇到一个局面，"前房"（我的生母）留下三个孩子：我姐姐，我，还有一个妹妹。这对于"后娘"当然会是沉重的负担。上有婆婆，中有大姑子、小姑子，还有一些亲戚邻居，她们都拿眼睛看着，拿耳朵听着。

也许我和娘（我们都叫继母为娘）有缘，娘很喜欢我。

她每次回娘家，都是吃了晚饭才回来。张家总是叫了两辆黄包车，姐姐和妹妹坐一辆，娘搂着我坐一辆。张家有个规矩（这规矩是很多人家都有的），姑娘回自己婆家，要给孩子手里拿两根点着了的安息香。我于是拿着两根安息香，偎在娘怀里。黄包车慢慢地走着。两旁人家、店铺的影子向后移动着，我有点迷糊。闻着安息香的香味，我觉得很幸福。

小学一年级时，冬天，有一天放学回家，我大便急了，憋不住，拉在裤子里了（我记得我拉的屎是热腾腾的）。我兜着一裤兜屎，一扭一扭地回了家。我的继母一闻，二话没说，赶紧烧水，给我洗了屁股。她把我擦干净了，让我围着棉被坐着。接着就给我洗衬裤刷棉裤。她不但没有说我一句，连眉头都没有皱一下。

我妹妹长了头虱，娘煎了草药给她洗头，用篦子给她篦头发。张氏娘认识字，念过《女儿经》。《女儿经》有几个版本，她念过的那本，她从娘家带了过来，我看过。里面有这样的句子："张家长，李家短，别人的事情我不管。"她就是按照这一类道德规范做人的。她有时念经：《金刚经》《心经》《高王经》。她是为她的姑妈念的。

她做的饭菜有些是乡下做法，比如番瓜（南瓜）熬面疙瘩与煮百合先用油炒一下。我觉得这样的吃法很怪。

她死于肺病。

我的第二个继母姓任。任家是邵伯大地主，庄园有几座大门，庄园外有壕沟吊桥。

我父亲是到邵伯结的婚。那年我已经十七岁，读高二了。父亲写信给我和姐姐，叫我们去参加他的婚礼。任家派一个长工推了一辆独轮车到邵伯码头来接我们。我和姐姐一人坐一边。我第一次坐这种独轮车，觉得很有趣。

我已经很大了，任氏娘对我们很客气，称呼我是"大少爷"。我十九岁离开家乡到昆明读大学。一九八六年回乡，这时娘才改口叫我"曾祺"——我这时已经六十六岁，也不是什么"少爷"了。

我对任氏娘很尊敬，因为她伴随我的父亲度过了漫长的很艰苦的沧桑岁月。

她今年八十六岁。

1992 年 7 月 11 日

出自汪曾祺：《汪曾祺集·一辈古人》
北京文艺出版社 2012 年版
原载《作家》1993 年第 2 期

另一种母亲

凸 凹

文章写了不少，写母亲的文字，却几近于无。我不是不想写，是不知如何把握对母亲的那一份情感。如果我无限热爱她，会写出一篇激情文字；如果我确实不爱她，甚至恨她，亦能写出一篇激情文字。但两者均不是。于是，当别人写出一篇又一篇歌颂母亲的篇什，我心里隐隐作痛；当有的人，遗弃母亲，甚至撕开面子予以谩骂时，我亦隐隐作痛。

进入而立之年了，情感的那一份浮躁渐渐沉下去；思想的那一种偏激也渐渐平和，开始学会用一己的视角，对一切予以重新审视。于是，对于写母亲，便有了几分自信、几分勇气。便想，如果不想让岁月将自己对母亲的那份情感再度扭曲，还是适时地写写。

想一想对母亲的感情，是爱与恨交织的，初时，恨竟多于爱。

七岁那年，一起戏耍的童子都去上学了，留下一个孤独的我。我便求母亲，要母亲带我见一见校长，让校长开恩将我收下，那时的入学年龄偏迟一些，幼儿须到八岁才可入学。母亲却说，上学有什么好呢，还是在家里野的自在。话是不错，但没有伙伴了，你去和谁野呢？

就想上学。我说。

母亲便打我，巴掌打在稚嫩的脸上，开了一朵五瓣梅。

我极委屈，扯嗓号啕，将天哭得黑去了一大片。她只好带我去见校长。校长问我的年龄，母亲怯怯地、久久地支吾不语。倒是我情急之下，大喊八岁，竟将校长蒙骗过去了。终于如愿。

回家的路上，母亲朝我歉然地讨好地笑，说儿呀给你缝个好书包。

我却高兴不起来，为了她自己的怯懦，竟让自己心爱的儿子挨了冤枉的一巴掌，她可真够意思。

那些年，山里一俟夏深，便三天两头发一次洪水。当洪水的势头消去的时候，山沟里就留下一湾浅浅的很温柔的水泊，童子们便到水泊里戏一戏，得一种陶然的酣畅。但母亲却不让我去酣畅。她说，山阴里的水会让人落下毛病，远远地躲开才是。她的意志是一把锁，而少年的天性却是一把钥匙，我还是偷偷地跑到水泊里去。但母亲太狡猾，总是适时将我捉住。她很会惩治我，将我岸上的衣裤统统拿在手里，让我远远地跟着她。这给了我极端的羞辱。山里人戏水，均是脱得一丝不挂的；这时的我，已是进学堂的少年了，光光地在岸上走，惹心爱的女同学惊惊咋咋。我感到有一种说不出的尴尬，双手捂在小腹下，汨汨汨地流。

进了家门，我终于说，妈妈，你可真可恶啊。

母亲吃了一惊，便要我饿饭。正不想吃你赏的饭呢，便决然地饿饭。饿饭将我饿迷糊了，羞辱的感觉竟渐渐地淡下去，娘的，真没意思。母亲给了我一种什么样的人生体验啊。

少时，我有遗尿疾，长到十二岁才止。这在《悖语人生》那一篇散文中曾记述过。老大不小的一介少年，还天天在夜里遗尿，浸在冰凉的梦境中，对自身说来，乃极痛苦的一件事。

我渴望一种安慰和爱啊！

但母亲却给了我什么呢？她说，我是被一种魔缠身了，要驱除这无形的魔，须恶治。便在床头备一把荆条。每到夜半，尿刚遗出端倪，母亲便将荆条狠狠地抽在她儿子光光的身上。儿子猝然惊醒，身上的抽痕很肥厚，放射状的疼痛拼命朝外奔攒。看母亲时，她极像临床的青颜厉鬼。为了少挨一些这样的荆条，总是半夜半夜地睁着眼，挨到雄鸡唱晓的那一刻，才无奈地睡下去。少年的夜晚，本属无忧无虑的梦境，却这样漫漫难熬，耿耿难眠，人生来便是受苦的么？！

我知道，这是母爱的一种方式。但她为什么不体恤一下童子的心，施予温柔一些的爱呢？现在想来，母亲的爱是从她的心理需求出发的，是一种极主观的爱。太主观的爱，是一种施暴，我们的母亲，多么应该从儿女的那个角度，审视一下自己的爱，爱得融合一些，无私一些，易于接受一些啊！

十岁的一天，老师叫我到她的办公室去一趟。她递给我一个报纸包。这是一包剩米饭，扔了可惜，拿去喂鸡吧。回到家，急切地将纸包打开，看到那饭团白白的，像有一种甜蜜的东西在里边颤动。心里很生惊罕，世间竟有这么白的米啊！撮一小撮饭粒闻一闻，很馋；但放到嘴里嚼一嚼，却是甜甜的、黏黏的，米粒粘在牙齿尖上不下来。这是一种异香，喉管低鸣不止。这是我平生第一次亲眼见到这种白色的美食。

这一包尴尬的米饭，让我尝到了渴望与恐惧交织的那一种滋味。

在我想吞咽它，又惧怕它的时候，看到了母亲盯着饭团的目光。那目光是人在要攫取的时候，那种倏然亮起来的欲望。便心头一震，对米饭的觊觎者，还藏着一个母亲。

"把它扔给鸡婆忒可惜哩，让我把它吃了吧，我的胃皮实。"她终于发表了宣言。

当她把手伸过来的时候，我也抢着大口大口地吞咽。母亲能吃得，儿子为什么不能吃得？！她从反面，催发了我的一种决心。

母亲失声叫，以她有力的手臂，与我拼抢。因为母子的这种奇特的竞争，馋米饭吃得好有味道啊！这以后，我就再也没有吃过那么好吃的米饭。

其结局是意料中的，食物中毒。我把肚子拉空后，便昏迷不醒。昏迷中，有一刻极清醒，但身体却无知觉。我以为这一次肯定要完了，清醒的意识被一团绝望塞满了。睁一睁眼，看见母亲立在身边，她的胃确实结实，她依然健康。她的脸上挂着两串泪，是为她濒死的儿子流的。但我不愿看她那两串泪，觉着有一股假惺惺的味道。眼前又闪回着她跟我抢食馊饭的镜头，我感到一阵恶心。

父亲趄到我身旁，拉一拉我软绵绵的手，嘴角挂一重很深的忧凄。我努力讲出一句话来：这倒好了，免得再听你们吵架了。听了这话，父亲咧嘴哭起来，呜噜呜噜的，像一种动物吃食的那种声音。

从我记事起，便遇到父母失和的无奈。

父亲是个要强的人。结婚当天，便与他的母亲分了家。第二年独自盖了两间房，欠了不小的一笔债。这笔债欠去了他在我母亲心中的地位。她怨父亲便宜了他的父母，理该得到的那一份财产和支持，被父亲不值钱的那一种耿直徒然抛掉了；每逢年关、孩子生病、添置家什等需要钱的当口，准能看到一幕母亲同父亲吵架的情景。父亲被母亲谩骂的时候，总是沉闷不语，甚至悄悄地流泪。我的感情当然倾斜到父亲这一边，常常心里烦：自己怎么捞上这么一个唠叨不休，不懂体贴人，甚至不讲道理的母亲呢？！

一九七二年腊月的一天深夜，我被从梦中惊醒。母亲大声地训斥父亲，声声急，声声厉，缘由极简单，要过年了，家里无钱买肉。

老太婆有钱，老太婆买了一大扇猪肉，你去要哇。母亲说。

怎么成呢？父亲说。

怎么不成？她老不死的能吃上肉，她的孙子为啥就吃不上呢！

怎么张得开口呢？

张得开口得去，张不开口也得去，不说定了，晚上就甭想上炕睡安生！

父亲赤身站在屋地上，脸色苍白着，浑身颤抖着、佝偻着。山里夜风硬啊！那个伟岸的父亲怎成了这般模样了呢？父亲的失落使我心中作痛：

我不吃什么肉，吃了就恶心！我大声叫。

不吃也得吃，你有个有骨气的爹，他能不让他的儿子吃肉？母亲把一句讥讽适时地送上来。

沉闷的父亲终于爆发了，他抄起柜橱的一摞碗，一只接一只地朝母亲砸去。母亲怔住了。她根本没想到，温厚的父亲会把这样硬邦邦的东西朝她砸过来。

我当时并不曾想去将父亲拦住，我觉得母亲把父亲欺辱苦了，她应该得到这样的回报。

终于听到一声撕扯什么的声音——破碎的碗碴把母亲的脚面划了深且长的一道伤，黑色的血争相流出来，很快便把她那只瘦瘦的脚淹没了。父亲低低地吼过一声后，钻到冰冷的被窝里去了；愕然的母亲，站在地上，兀自流血。

这时的我，感到真难过啊。不是心疼母亲的流血，而是怕流血把母亲流死。我撕了一片旧衫子，给她包脚。一边包，我一边流泪。母亲，你为什么不给家人一种安静的日子呢？贫穷的日子不会让人忧愁，亲人间的自残却让人心碎啊！

好容易熬到天亮，红肿着眼睛的父亲从被窝里钻出来。走，咱们到公社去，离球的婚！他给了母亲冷冰冰一个决然的声音。父亲摔门走出去了，母亲惊慌不已：儿子，快去把你爹拽回来。待我穿衣的时候，母亲已等不及，拖着那只肿胀的脚趔趔趄趄奔出门去了。

父亲在前坚定地走，母亲在后趔趄，我尾在他们身后流泪。一个偏僻的北方山村，竟有如此风景。

他爹，回吧，回吧，俺再不好，也是你的女人啊！听到母亲的哀求。

这一声哀求，使我的心乱了。我弄不清是母亲可恶，还是父亲可憎；反正，在一个少年的心中，父母不该是这种样子。

现在想来，母亲对儿女的情感，乃至生命的状态，有多么大的濡染之力啊。母亲对儿女有一种潜在的、强劲的同化欲望。这种欲望，是通过爱的形式浸淋到儿女的身上的。有多少儿女有自觉地抵御同化的力量呢？所以，如果母亲不是一个正常的健康的贤智的母亲，母爱便是一种毒素。我有了这一层切身的体验后，才真正理解了那个著名的民间传说：

儿子在临刑前，狱吏问他还有什么要求。他说，我只想看一眼母亲；母亲问儿子还有什么要说，儿子说死前多想吃两口母亲的奶；当奶头放到儿子的口中，却被儿子狠狠地咬掉了。为什么你当初不尽一尽母亲的责任呢？！儿子说。

对母亲，虽然有几分怨，几分厌，几分恨，但终究是埋在心底。母亲是太底层的一个母亲，同底层的母亲一样，她把她的一切，甚至来生，均寄托在儿子身上了。她自己也认为自己不是个好母亲，但她却渴望着有一个好儿子，并得到这个好儿子的爱。这是一种脆弱的感情，我不忍心戳破它。母亲头发已花白，目光已有些呆滞，她不会得到更多的什么。

于是，后来的感情，竟渐渐地发生了变化。

记得我在平原读高中的时候，母亲从一百多里远的老家来看我。下了车，她不认识去学校的路，一公里的路程，竟走了一个多小时。汗水把她那件补丁袖口的旧衫子涸透了。要她擦一擦脸，毛巾从脸上过一过，雪白的毛巾，便如墨染了一般。她蒙了多少风尘啊！

我带母亲去饭店。问她想吃什么，她说，来碗白米饭最好。

饭店快关门了，只有剩下的两碗冷饭。母亲说，冷饭也好。我去要两个热菜，店里说，掌勺的走了。母亲掀开桌上的一个瓷壶，这不是有酱油么。便将酱油淋到饭上，埋头吞咽。望着红白相杂的一碗饭和吃出津津味道的母亲，我心中亦酸涩掺杂：

母亲的儿子，也并没有使他的母亲从馊饭的境地中走出多远！

母亲不是也无一声怨么？！我相信，即便是在她的潜意识中，也不会有怨的一丝影子。于是，生出一种惭愧，是自然的事。

母亲坐在我们宿舍的大通铺上，让我把上衣脱下来，上衣的领子已起了破茬儿。她掀开她的大襟，里边别着大、中、小三根针。她一针一针地缝着，花白的头发浴着学生宿舍那昏黄的灯光。同学们都围拢过来，看着这一个母亲抽她母爱的丝，有个小个子同学，竟让泪水在他窄窄的小脸上挂满了。我心中极热，倏然生出这么一种感觉：感到母亲在的地方，就是家之所在，即便这个母亲再孤陋，即便这个家再残破。眼前的母亲，仿佛就坐在老家炕头上，那一方针笸箩跟前。

去年休假时，回老家去，正赶上刨地点种。虽然已多年不下地了，但归家的儿子不是客，就随母亲到堰田上去。堰田离家颇有段路径，便装了干粮和水。堰田很窄，正容我与母亲并排点种。起初还与母亲保持相同的节奏，愈到后来愈跟不上母亲的步调了，便被母亲远远地甩在身后。母亲回过头来，看着她喘不可支的儿子，微微地笑着。在她眼里，她的儿子并不是个壮年人，仍是个弱弱的幼儿，仍需母亲频频的垂顾。

到中午了，我感到极端的疲乏，筋骨似被抽去。母亲将干粮摊在地头，我无一点胃口。这时我总想笑，神经有一种莫名的兴奋。我呵呵地笑起来：看到一只蚂蚁爬进地隙里，呵呵地笑；看到一尾蜕虫在树梢上蠕动，也呵呵地笑。

你是累脱了神经了。她说。

于是，进入膂力强健的壮年了，竟感受了疲倦的真滋味；便是神经的极度兴奋，无法接受控制，无因由地笑而不止。

待我把下巴笑酸了，眼皮重得再也睁不开，我极想睡上一觉。

你在干草上仰一会儿吧，千万别睡着了，四月的风还硬哩。母亲说。

母亲独自点种去了，我在干草上仰着，怕我睡着了，隔一会儿便喊我一声。一种母性的呵护啊！

不老的山谷，一片空茫；荷镐而立的一介农妇，相映之下，几近虚无。

对母亲，便不能苛求。

对母亲与我的关系，做了长时间的冷静的回顾之后，感到以往对母亲的怨尤、厌恶和嫉恨，其实是一种浅薄和无知，这一切，其实亦是生长在主观和自私的土壤上的。

从母亲处，感到天下的母亲，均是两面的：有温厚、妖媚、伟大的一面，亦有粗鄙、孤陋和渺小的一面；母亲没有纯粹意义上的母亲。

然而，母亲是文人文章的源泉是无疑的。郭沫若说女性是文化的源泉；那么，母亲便是这种源泉中的源泉，我们必须钦佩和赞美为母亲写出高昂乐章的人；但我写母亲，只能如此写，因为，她仅是我的"这一个"。

审视与母亲的关系，我认为：对母亲，敬慕热爱者，有之，但少；挟恨厌弃者亦有之，更少；众多的是，对母亲抱以真实的理解。理解能产生一种最美好的东西，便是尊重。

儿女因敬慕热爱而孝，是可贵的，令人羡慕的。

而真正的孝、可靠的孝，却是产生于理解中的一种。

这没有什么不好懂。

出自凸凹：《无言的爱情》

中国广播电视出版社1998年版

另一种母亲

母亲的厨房

张　洁

最后，日子还是得一日三餐地过下去，便只好走进母亲的厨房。虽然母亲一九八七年就从厨房退役，但当她在世和刚刚走开的日子里，我总觉得厨房还是母亲的。每一家的厨房，只要母亲还在，就一定是母亲的。

我站在厨房里，为从老厨房带过来的一刀、一铲、一瓢、一碗、一筷、一勺而伤情。这些东西，无一不是母亲用过的。

也为母亲没能见到这新厨房和新厨房里的每一样东西而嘴里发苦，心里发灰。

为新厨房置办这个带烤箱的、四个火眼的炉子时，母亲还健在，我曾夸下海口："妈，等咱们搬进新家，我给您烤蛋糕、烤鸡吃。"

看看厨房地面，也是怕母亲上了年纪、腿脚不便，铺了防滑砖。可是母亲根本就没能走进这个新家。

事到如今，这一切努力还有什么意义？

分到这套房子后，没带母亲来看过，总想装修好了、搬完家、布置好了再让她进来，给她一个惊喜。后来她住进了医

母亲

院，又想等她出院时，把她从医院直接接到新家。

可是我让那家装修公司给坑了。

我对当前社会的认识实在太肤浅了，想不到他们骗人会骗到这种地步。

因为一辈子都怕欠着人家，落个坑蒙拐骗的恶名，虽然他们开价很高，我还是将所有抽屉搜刮一净，毫无保留地在未开工之前将全部费用预先付清。

半个多月后，母亲就住进了医院。我哪儿还顾得上守着这伙只想赚钱不讲良心的商人？他们趁我无暇顾及之时，干脆接了别人的活，把我家的活撂在那儿不干不算，还把我的房子当成了他们的加工厂和仓库。在我的房子里为别的用户加工订货，整整四个月，叮叮咣咣，吵得四邻不安，把一套好端端的房子弄得像是遭了地震。

四个月，在深圳就是一栋楼也盖起来了。不明底细的人，可能还以为我在房子里又套盖了一座宫殿。

这样，我原来的房子就无法腾出，等着搬进的同志几次三番催促。那时真是屋漏又遭连阴雨，只好先把一部分东西寄存在朋友家，剩下的东西统统塞进新家最小的一间屋子，那间屋子饱满得就像填充很好的防震包装箱。

直到母亲出院，这房子还不能进人，只好先把她接到先生家，并且是在先生家里过世的。所以母亲始终没能看到这个新家，没能看到我为她做的一切努力。很长一段时间我都非常担心，如果她的魂灵想要回家看看，不认识这个家门怎么办？直到有次梦见牵着她的手，把她领进家门之后才释然。

谁让我老是相信装修公司的鬼话，以为不久就能搬进新家，手上只留了几件日常换洗的衣服。谁又料到手术非常成功的母亲会突然去世，以致她上路的时候，连一套像样的衣服也没能穿上，更不要说她最喜欢的那套。

本来就毫无办事能力的我，一时间不但要仓促上阵，操办母亲的后事，更主要的是我无法离开母亲一步，我和母亲今生今世的缘分，也只剩下那最后的几个小时。

而且我也不可能在那几个小时里，从先生家里赶到这个新家，再从那个填充很好的防震包装箱里，找出母亲的衣物。

要命的是钥匙还在装修公司的手里，在早上六七点钟的时候，我上哪儿去找他们？通常他们要在九点多钟才开始工作。

而火葬场十点钟就要来接人了。

如果是自己的家，母亲在家里多停一两天也没有什么关系，但母亲一生都自尊自爱，绝不愿、也不曾给人（包括给我）添乱，惹人生厌，也这样教育着我和孩子。

就是离开这个世界，也不那么容易。要不是一位很会办事的同志努力，还不知道火葬场什么时候才能来接母亲。

从不愿意忍痛的我，清清明明地忍了痛。那一会儿，活到五十四岁也长不大的我，一下子就长大了。

当然，张家的女人从来不大在意面上的事情，这些事远不如别的事让我觉得有负于把我养育成人的母亲。比如，这一辈子我让她伤了多少心？

厨房里的每一件家什都毫不留情地对我说：现在，终于到了你单独对付日子的时候了。

我觉得无从下手。

翻出母亲的菜谱，每一页都像被油炝过的葱花，四边焦黄。我仍然能在那上面嗅出母亲调出的油、盐、酱、醋和人生百味。

也想起母亲穿着用我那件劳动布旧大衣改制的又长又大，尤其坚牢久远的围裙，戴着老花镜，伏身在厨房碗柜上看菜谱的情景。

那副老花镜，真还有一段故事。

记得母亲的"关系"还没从她退休的郑州第八铁路小学转到北京来的时候，她必须经常到新街口邮局领取每月的退休工资；或给原单位寄信，请求帮助办理落户北京所需，其实毫无必要又是绝对遗失不起的表格和证明；或是邮寄同样毫无必要，又是绝对遗失不起的表格和证明……那些手续，办起来就像通俗小说那样不断节外生枝，于是这样的信件就只好日以继月地往来下去。

那次母亲又到新街口邮局寄这些玩意儿。回家以后，她大事不好地发现老花镜丢了，便马上返回新街口邮局，且不惜牺牲地花五分钱坐了公共汽车。

平时她去新街口都是以步代车，即便购物回来，也是背着、抱着，走一走、歇一歇，舍不得花五分钱坐一回公共汽车。

可以想见母亲找得多么仔细，大概就差没把新街口邮局的地刮下一层皮。

她茫然地对着突然间变得非常之大的新街口邮局，弄不懂为什么找不到她的眼镜了。

用母亲的话说，我们那时可谓穷得叮当乱响。更何况配眼镜时，我坚持要最好的镜片。别的我不懂，只知道眼睛对人是非常重要的器官。一九六六年，那副十三块多钱的镜片，可以说是老花镜片里之最。谁知二十五年后，母亲还是面临失明、人体各系统功能全面衰竭、卒中而去，还是面临以八十岁高龄上手术台的抉择。

回家以后，她失魂落魄、反反复复对我念叨丢眼镜的事。丢了这样贵的眼镜，母亲可不觉得像是犯了万死之罪？

很长一段时间，就在又花了十几块钱配了一副老花镜之后，母亲还不死心地到新街口邮局探问：有没有人捡到一副老花镜？

没有！

老花镜不像近视镜，特别母亲的老花镜那时度数还不很深，又仅仅是花而已，大多数老人都可通用。尽管那时已经大力开展学雷锋的运动，只怪母亲运气不佳，始终没有碰上一个活雷锋。

她仅仅是找那副眼镜么？

每每想起生活给母亲的这些折磨，我就仇恨这个生活。

后配的这副眼镜用了二十多年，直到一九九〇年戴着它也看不清楚东西的时候。那时还以为是眼镜的度数不够了，并不知道这是因为她的脑垂体瘤压迫视神经的缘故，便再到眼镜店去配一副。配眼镜的技师怎么测也测不出度数。我们哪里知道，她的眼睛其实已近失明，怎么还能测出度数？我央求验光的技师，好歹给算个度数，最后勉强配了一副，是纯粹的摆设了。

这个摆设，已经留给她最爱的人作为最后的纪念。而她前前后后为之苦恼了许久的那副眼镜，连同它破败的盒子，我将保存到我也不在了的时候。那不但是母亲的念物，也是我们那个时期生活的念物。

母亲的菜谱上，有些菜目用铅笔或钢笔画了钩，就像给学生判作业、判卷子时打的对钩。

那些铅笔画的钩子，下笔处滑出一个起伏，又潇洒地扬起长尾直挥东北，带着当了一辈子教员的母亲的自如。

那些钢笔画的钩子，像是吓得不轻，哆哆嗦嗦地走出把握不稳的笔尖，小心、拘谨，生怕打搅谁似的，缩在菜目后面而不是前面，个个都是母亲这一辈子的心理注脚，就是用水刷、用火燎、用刀刮也抹灭不了了。

我怎么也不明白，为什么用铅笔画的钩子和用钢笔画的钩子，会有这样的不同。

那些画着钩子的菜目，都是最普通不过的家常菜，如糖醋肉片、软熘肉片、粉皮凉拌白肉、炒猪肝、西红柿焖牛肉。

鱼虾类的菜谱里，档次最高的也不过是豆瓣鲜鱼，剩下的不是煎蒸带鱼，就是香肥带鱼。至于虾、蟹、鳖等是想都不想的。不是不敢想，而是我们早就坚决、果断地切断了脑子里的这部分线路。

就是这本菜谱，还是我当作家以后，唐棣给妈买的。

不过我们家从切几片白菜帮子用盐腌腌就是一道菜到买菜谱，已经是鸟枪换炮了。

主食方面有半焦果子、薄脆、油条、糖饼、脆麻花、油饼、糖包、芙蓉麻花、芝麻麻花、炸荷包蛋、油酥火烧、锅饼、炒饼、荷叶饼、大饼加油、家常饼加油、盘丝饼、清油饼、家常饼、葱花饼、枣糕、糕坨、白糕、粽子、豆包、咸蒸饼、枣蒸饼、花卷、银丝卷、佛手、绿豆米粥（请读者原谅，允许我还了这份原，把母亲画过钩的都写上吧）。

其实，像西红柿焖牛肉、葱花饼、家常饼、炒饼、花卷、绿豆米粥、炸荷包蛋，母亲早已炉火纯青。其他画钩各项，没有一样付诸实践。

我一次次、一页页地翻看着母亲的菜谱，看着那些画着钩、本打算给我们做而又不知道为什么终于没有做过的菜目。这样想过来，那样想过去，恐怕还会不停地想下去。

我终究没能照母亲的菜谱做出一份菜来。

一般是对付着过日子。面包、方便面、速冻饺子馄饨之类的半成品很方便，再就是期待着到什么地方蹭一顿、换换口味，吃回来又可以对付几天。

有时也到菜市场上去，东看看、西瞅瞅地无从下手，最后提溜着一点什么意思也没有的东西回家。回到家来，面对着那点什么意思也没有的东西，只好天天青菜、豆腐、黄瓜的"老三篇"。

今年春天，在菜市场上看到豌豆，也许是改良后的品种，颗粒很满也很大。想起去年春季，母亲还给我们剥豌豆呢。我常常买豌豆，一是我们爱吃，同时也是为了给母亲找点力所能及的事情做。

母亲是寂寞的。

她的一生都很寂寞。

女儿在六月二十九日的信中还写道：

……我有时梦见姥姥，都是非常安详的、过得很平安的日子，觉得十分安慰。虽然醒了以后会难过，必定比做噩梦要让人感到安慰得多。我也常常后悔，没能同姥姥多在一起。我在家时，也总是跑来跑去，谁想到会有这一天呢？她这一辈子真正是寂寞极了！而且是一种无私的寂寞，从来没有抱怨过我们没能和她在一起的时间。

我的眼前总是出现她坐在窗前、伸着头向外张望的情景：盼您回来，盼我回来。要不就是看大院里的人来人往。让我多伤心。可是当时这情景看在眼里，却从来没往心里去，倒是现在记得越发清楚。不说了，又要让您伤心了……

也曾有过让母亲织织毛线的计划，家里有不少用不着的毛线，可也只是说说而已，到底也没能把毛线拿给她。

便尽量回忆母亲在厨房里的劳作。

渐渐地，有一耳朵没一耳朵听到的、有关厨作的话——再现出来。

冬天又来了，大白菜上了市。想起母亲还能劳作的年头，每到买储存白菜的时节，就买青口菜。她的经验是青口菜开锅就烂，还略带甜味。

做米饭也照着母亲的办法，将手平铺米上，水要漫过手面，或指尖触米，水深至第一个指节，那水量就算合适，但好米和机米用水又有所不同，等等。

如此这般，除了上席的菜，一般炒菜也能凑合做了。我得到了先生的表扬："你的菜越做越好了。"只是，母亲却吃不上我做的菜了，而我也再吃不到母亲做的"张老太太烙饼"了。

我敢说，母亲的烙饼饭馆都赶不上。她在世的时候我们老说，应该开一家"张老太太饼店"，以发扬光大母亲的技艺。每当我们这样说的时候，就是好事临门也显得愁眉苦脸的母亲，脸上便难得地放了光，就连脸上的褶子，似乎也放平了许多。对她来说，任何好事如果不和我们的快乐乃至一时的高兴联系在一起，都没有什么实际意义。

还有母亲做的炸酱面。

人说了，不就是烙饼、炸酱面吗？倒不是因为那是自己母亲的手艺，不知母亲用的什么诀窍，她烙的饼、炸的酱就是别具一格。也不是没有吃过烹调高手的烙饼和炸酱面，可就是做不出母亲的那个味儿。

心里明知，吃母亲烙饼、炸酱面的欢乐，是跟着母亲永远地去了。可是每每吃到烙饼、炸酱面，就忍不住想起母亲和母亲的烙饼、炸酱面。

1992年11月22日写于北京

出自张洁：《此生难再》

广州出版社2001年版

原载《随笔》，1993年第2期

母爱有灵

麦　家

　　每个人都有自己的秘密，有些东西又可能是每个人的秘密。一个人独自饮泣总有那么一点私底下的感觉，尤其是对一个男人而言，这很可能成为他的一个羞于公布的秘密。所以，从某种意义上说，这篇文章不是我乐意写的，我几次写写丢丢，便秘似的痛苦写作过程，也足够证明了我的不乐意是真实的。但我又不忍放弃。我说的是不忍，是一种欲言又止又欲罢不能的无奈与挣扎。我为什么要被这件渺小的事情折磨？是因为我在其中见了一些奇特动人的景象，一些母亲的东西：她的命运，她的爱，她的苦，她的过去和现在。换句话说，现在的我再也不相信"男儿有泪不轻弹"这类老掉牙的东西。这些东西只会让我们变得更加虚弱，更加冷漠，更加傻乎乎：不是可爱的傻乎乎，而是可怜的傻乎乎，真正的傻乎乎。

　　孩时的眼泪是不值得说的，因为它总是伴随着声嘶力竭的哭声，哭声里藏足了反抗和祈求，眼泪是不屈斗志的流露，也是缴械投降的诏书。当眼泪藏有心计时，眼泪已经失却了眼泪本色，变得更像一把刀，一种武器。但我似乎要除外。我是个在哭方面有些怪异和异常的人。母亲说，我生来就不爱哭，一哭喉咙就哑，叫人心疼。谁心疼？在那个爱心被贫困和愚昧蒙蔽的年代，唯有母亲。我觉得，那个年代只有母亲才会为一个少年的啼哭心动——那是一个人人都在啼哭的年代，你哭说明你和大家一样，有什么可心疼的？很正常嘛。哭哑了喉咙不叫怪异，也许该叫脆弱（所以才让母亲心疼）。我的怪异是，母亲说我哭大了就会犯病，手脚抽筋，口吐白沫，跟犯癫痫病似的，叫人害怕。说实话，因为与生俱来有这个毛病——哭大了身体会抽筋，吐白沫，所以只要我一开哭，母亲总是来跟我说好话，劝我，骗我，让我及时止哭。这简直就让我的哥哥姐姐嫉妒极了，他们哭母亲从来不会理睬的。父亲脾气暴躁，经常把我的哥哥、姐姐打得哭声动天。母亲看见了，视而不见，有时还落井下石，在一旁煽风点火，鼓励父亲打。只有我，母亲是不准父亲打的，打了也会及时替我解围，像老母鸡护小鸡似的把我护在怀里，替我接打。有一次，母亲不在家，父亲把我打狠了，我哭得死去活来，旧病复发，抽筋，并引发休克，人中被掐青才缓过神来。母亲回家知道后，拿起菜刀，把一张小桌子砍了个破，警告父亲，如果再打我她就把我杀了（免得我再受罪的意思）。那个凶恶的样子，让父亲都害怕了。

因为知道自己有这个毛病，不能哭，哭了要丢人现眼的，我从懂事起，一直在抑制自己哭，有泪总往肚里吞。吞不下去，捏住鼻子也要灌下去，很决绝的。灌上个一年半载，哪还要灌，都囫囵吞下去了，跟吞气一样。印象中，我从十七岁离开母亲后，十几二十年中好像从来没有流过泪。有一次，看电影，是台湾的（电影名字忘了，反正电影里有首歌，唱的是：有妈的孩子像个宝，没妈的孩子像根草……），电影院里一片哭声，左右四顾，至少是泪流满面的，只有我，脸上干干的，心里空空的，让我很惭愧。后来我又看到一篇短文，标题叫《男人也有水草一般的温柔》，是歌颂一个男人的眼泪的，很是触动我。这两件事鼓动了我，我暗自决定以后有泪不吞了，要流出来，哭也行，哪怕哭大了，让人看到我的秘密也不怕。有点孤注一掷的意味。于是，我又专门去看了那部台湾电影，我想看自己流一次泪。不行，怎么鼓励都没用，心里使不上劲，没感觉。以后经常出现这种感觉，我心里很难过，希望自己哭，让泪水流走我的苦痛。但屡试屡败，就是没感觉，找不到北！真的，我发现我已经不会流泪了，不会哭了，就像失眠的人睡不着觉一样，本来你应该天生行的，但就是不行了。也许，所有器官都一样，经常不用，功能要退化的。我的泪腺已经干涸了，死掉了，就像一个野人，不知不觉中身上已经失掉了诸多器官的功能。

死掉也罢！

可它又活转来了。

说来似乎很突然，那是一九九二年春节，年近三十的我第一次带女友回家探亲，第二天要走了，晚上母亲烧了一桌子菜，兄弟姐妹聚齐了，吃得闹闹热热的，唯独母亲一言不发，老是默默地往我碗里搛菜。我说，妈，我又不是客人，你给我搛什么菜。母亲什么都不说，放下筷子，只是默默地看着我，

154
母亲

那种眼神像是不认识我似的。我随意地说，妈，你老这样看着我干吗？妈说，我是看一眼少一眼了，等你下次回来时，妈说不定就不在了。说着，又给我搛了一筷子菜。这时我多少已经感觉到一些不对头，姐又多了一句嘴，说什么妈恨不得我把一桌子菜都打包带走，好叫我吃着她烧的菜想着她，等等。姐的话没完，奇迹发生了：我哭了，眼泪夺眶而出，嘴唇一松动，居然呜呜有声，浑身还在不停地抽搐，把妈吓坏了，以为我老毛病又犯了，一下像小时候一样把我揽在怀里，安慰我别哭。可我却不像小时候一样了，泪如泉涌，止不住，声音渐哭渐大，最后几乎变成号啕了，身子也软透了，没有一点气力。一桌子人，谁都没想到我会这样哭，我哭得很没有分寸，一点章法都没有，很失一个成年人的水准。我想，那大概是因为我还没有学会哭吧。但起码，我已经学会了流泪，以至在以后很长一段时间里，只要一想到母亲的面容，眼泪就会无声地涌出。就是说，我的泪腺又活了，是母亲激活的！

　　我承认，也许很多男人都要承认，我们在很长的一个年龄段里，心里是没有母亲的身影的，我们心里装着可笑的"世界"，装得满满的，傻乎乎地，把什么都装进去了，爱的，恨的，荣的，耻的，贵的，贱的，身边的，远方的，看得见的，看不见的，很多很多，太多太多，连亲爱的母亲也要可怜地被挤掉。等我们明白这一切都很可笑，明白自己原来很傻，错了，准备纠正错误，把母亲重新放回到心里时，发现母亲已经老了，走了。走了，那你就后悔到死吧。我很感激上帝给我机会，让我有幸把母亲再次放回到心里。因为在我心里，所以虽然我们相隔数千里，但我还是经常看得见她。看书时能看见，听音乐时能看见，看电视时也能看见，有时以至看广告都能看见。比如刘欢唱什么"心若在梦就在"的歌，那是个广告片吧，我看到那个少年在风雨中冲到刘欢身边，我就看见母亲。说真的，每回看见心里都酸酸的，要流泪。不久前，老婆出了几天差，一个人带孩子，晚上孩子突然发起烧来，喂过药后烧倒是立马退了，转眼儿子又睡得很香的。但心有余悸的我怎么也不敢入睡，便久久地望着儿子睡，望着望着眼泪又出来了：因为我又看见母亲了。

世界太大，母亲，我不能天天回去看您，陪您，一个月一次也不行，只能一年回去看您一两次，陪您十几天，为此我时常感到很内疚，很难过。好在您已经激活了我的泪腺，我在难过时可以通过泪水来排泄。啊，母亲，您总是预先把儿子需要的给了他……

原载《十月》，2007年第5期

《书摘》，2008年第10期

迎母送母

张中行

　　前面已经提到，因为家乡改为吃公共食堂，人人食不能饱，妹妹把母亲接到天津她家里住，其时是一九五八年十月。约过三个月，母亲曾患病，我往天津，跑医院，幸而很快就平复。旧时代，在老太太心里，住所以家乡为最好，因为，不管如何简陋穷困，那三间五间房是她自己的。万不得已，出外就食，如果既有子又有女，择地，就会有情和理（或礼）的不协调。依情，住在女儿家，心里舒服，因为主家政之人是自己生的，连看着也顺眼；到儿子家就不然，主家政的是儿媳，别人生的，不是一个心，就处处觉得别扭。可是还有理在，依理，吃儿子硬气，吃女婿不硬气，何况正是家家闹粮荒的时期呢。所以母亲在妹妹家住约半年，就来信，说既然不能回家乡，还是到北京住为好。为了每月的口粮，我急于办迁移户口的手续。家乡人厚朴，热心奔走，北京方面，单位和派出所都通情达理，所以时间不长，没遇到什么困难，母亲在北京也就每月可以领到二十几斤粮票。记得是一九五九年的春季，我和妻二人往天津，把母亲接到北京来。母亲晕车，所以故意坐晚七八点钟开的车，拉下车窗帘，以求看不见动。这个办法还真生了效，母亲未呕吐，平安到了家。其时正是热火朝天大炼钢铁的时候，过杨村、落堡一带，常看见路旁火光冲天。对于宗教性质的狂热，我一向没有好感，想到自己也要装作有宗教热情，反而觉得母亲的不见不知也大有好处。

母亲来了，也有她的衣食住行的问题，幸而都不难解决。衣，家里的（土改以后置备的）都带出来了，几乎用不着添什么。人一生，食方面消耗最多，也就花钱最多。可是母亲面临的问题不是花钱多少的问题，而是能不能吃饱的问题，因为粮食不贵，而只许买二十多斤。她是借了年老、饭量小以及一生简素养成习惯的光，在别人都饥肠辘辘的时候，她却吃饱了。前面也说到，因为缺粮，家里吃饭改为法治，人人吃自己的定量，中青不够，母亲却够了。食无鱼肉，中青很想吃，她却不想吃。她也有所想，有一次，妻出于孝敬婆母之礼，问她想吃什么，她说："就想吃点杂面汤。"住呢，其时年长的二女已经长期在学校住，北房四间，由东数第二间用木板铺成靠窗的大炕，多睡一个人也不觉得挤。还剩下行，就更不成问题，因为至远走到院里，看看花木。总之，在北京住四年，应该说没有什么困难，或学官腔，是安适的。

可是推想，她的心情不是安适，而是有愿望不能实现，无可奈何。这愿望是回家乡，吃自己的住屋里有炊烟的饭，也许还包括寿终正寝吧。有时家乡来人，就想得更厉害，说得更勤，理由是村里人能住，她也能住。我理解她的心情，曾写信问刘玉田表叔，刘表叔回信，说家乡很困难，千万不要回去。大概是一九六一年吧，因为思乡之心更切，想回去，并且说，如果自己生活有困难，就请村里某人帮帮忙。我更多考虑到经济（财力和精力），还是没有同意。就这样，记得住到一九六二年初，她从院里回来，摔伤了。她多年有个迷糊的病根，摔倒过不止一次，这一次较重，只好卧床休息。养几个月，好一些，妻怕她再摔倒，不让下床。想不到再躺下去，身体就渐渐衰弱，先是转动困难，继以饭量减少。挨到一九六三年二月初，是旧历的正月，看得出来，她身体更加衰弱，已经到了弥留之际。长兄和妹妹等都来了，在身旁伺候。记得是二月十日，旧历正月十七日晚八时，神志半清楚，说了最后一句话，是"我不好受"，断了气，按旧虚岁的算法，寿八十有七。

死生亦大矣，于是就来了如何对待礼俗的问题。最先来的一个是何时换寿衣。寿衣是她自己在家乡做的，既然做了，当然以穿上为是。何时换呢？迷信说法，要在断气之前，不然，就不能带往阴间。我主张在断气之后，因为推想，在离开人世之前的一些分秒，总是以平静为好。准备换寿衣的是我的女儿，念过大学，不迷信礼俗，照我说的办了。其次是烧不烧纸钱，我不信死后还有灵魂，到阴曹地府，路上还要买吃的，以及模仿人世，贿赂小鬼等，也就没有烧。入夜，遗体旁要有人看守，我与长兄分担，各半夜。轮到我，我就躺在母亲旁边，心里想，孔子说"子生三年，然后免于父母之怀"（《论语·阳货》），我可以算作知命之后，方免于父母之怀了吧。

一个争执最多的问题是用什么葬法，具体说是棺殓之后入土还是火化。记得罗素在《怀疑论集》里曾说，世界上所有的民族都认为自己的结婚形式最合理，其他都荒唐可笑。葬礼当然也是这样，我们的传统是入棺然后入土，这就成为最合理，与新法火化相比，还有优待的意义。对于养生丧死，我一向认为，人死如灯灭，一切问题都是生者的，所以应该多考虑养生，至于丧死，以简易为是。火化办法简易，所以应该说比入棺（耗费木材）入土（占耕地）合理。可是许多有关的人（包括邻里），尤其妹妹等，头脑里只有传统而没有罗素，当然主张仍旧贯。对于道理与习俗的不能协调，我也知道，纵使自己之"知"重道理而轻习俗，"行"则至多只能"允执厥中"。所以我先是也想勉为其难（多耗财力和人力）；可是遇到困难，因为其时已经难以买到棺木，又入棺之后要往家乡运，找车既困难又很贵。针对这种情况（为迁就习俗而生者受苦难），我当机立断，用新法，火化。把此意说与长兄，他大概是以为，入棺固然好，既然有困难，火化也未尝不可，就表示，一切由我做主，他没有意见。以后就照我的决定办，于次日上午到派出所销户口，到殡葬办事处办火化手续。下午殡葬办事处来人，把遗体装入红漆棺，抬上大板三轮，运往东直门外幸福村的火葬场。我骑车随着，算是把母亲送到人生的终点。这期间及稍后，妹妹曾来电报，反对火化，并动员家乡的亲戚来信，劝我仍用旧法。我都作复，表示我的生母，生，我养，死，我葬，善始善终，我认为没有什么不合适。是二三十年之后，听家乡人说，其时用火化，乡里人都当笑话说，及至听说许多大人物死后也火化，渐渐，农村也多用此法，才改为说，还是人家念书的，事事走在前面。我听了一笑，是因为万没想到，我们那个小村庄也有所谓恢复名誉。

火化之后，还是我骑车去，取回骨灰，因为还得算作母亲的遗体，放在我屋里。处理骨灰，用了旧说"入土为安"之法。时间选在清明前的三月二十八日，先通知家乡人在父亲墓旁挖坑，至时由世五大哥陪伴，乘长途汽车至大孟庄，步行，近午到村西北的坟地。坑已经挖好，村中邻里并备了祭品。祭礼毕，把骨灰罐放在父亲棺旁，由我先扔一铲土，然后乡里人一齐动手，堆土成坟。就这样，我算是把母亲送走了。由乡里人看，她终于回了家乡，可惜是她自己已经不能知道。

出自张中行著，冯亦同编：《负暄絮语》
江苏文艺出版社2004年版

抱着你，我走过安西

毕淑敏

那一年我到甘肃敦煌。从兰州坐汽车，在戈壁滩上跋涉千里。一日午后，经过安西。白茫茫的沙海反射着耀眼的阳光，远处矗着从地面直通云端的黑色风柱，旋转着向我们逶迤而来——那是沙暴……

我突然感到一种莫名其妙的亲切。眼前这干燥的黄土，盘旋的热风，死一般的寂静，还有渐渐旋近的危险……

我可能在梦中到过这个地方。我对自己这样说。

半月后，我回到家，同父母说起安西的遥远。我夸张地描述那里的荒凉，说，你们无法想象那里的神秘。

妈妈很注意地听我聊天。自从我长大到了许多她不曾到过的地方以后，在我描述远方的时候，她总是像个小学生一样专心地看着我，那神气不单是从我这里得到新的见闻，而是在用整个姿势说：看！我的女儿去了我没有去过的地方！

猜测到了母亲这种心情以后，我常常投其所好。我得意地说，妈妈，您到过安西吗？

没想到妈妈非常肯定地回答，三十多年前，我抱着你，走过安西。

我回过头去看爸爸——我不是不相信妈妈，我是需要再一次的证明。

爸爸说，是的，那时你才五个月。

我的父母不喜欢忆旧，总是对以后发生的事充满了希望，觉得最后的才是最好的。

谈话无端地中断了。我们总以为还有无数的时间储存着，可以从容地回忆以前。但是突然，我的父亲患了重病。在那种气氛下，是不能忆旧的。我们相信父亲会好起来，我们觉得做那种回忆的事情，会在冥冥中对父亲的康复有背道而驰的力量。

我们格外地避讳谈过去的事情，我们以为这样就可以对抗那种叫作命运的东西。

我们错了。父亲离我们远去。痛定思痛之后，我才发现有关父亲的往事，我们知道的是那么的少。懂得自己的父母是一个需要时间的过程，我们不可太年轻，那样我们只能记得他们的慈爱，无法深刻地洞悉他们的内心。我们也不可太年长，那时岁月的烽烟已将我们熏染，无数次默念中将父母重新塑造，已不再具有原始的亲切。

作为女儿，我不知父亲生命中的许多空白。在父亲去世以后，我才知道这是永远无法弥补的黑洞了。

我不想要家谱那样的东西，那是公共的枯燥的记录。我想看到我的祖先对他们生活血肉温暖的倾诉。

我已寻觅不到我的父亲了，于是我把双份的爱恋和探索的目光，注视着我的母亲。

母亲是一个穷人家的女儿，年轻时十分美丽。我小的时候，尽管她对我发着脾气，面色很难看，但在我看来，她依旧是美丽的。这甚至影响了我一生中对女子的审美观，我一直以为像我的母亲那样，白皙端庄不高不矮不胖不瘦的女人，才是世上最完美的女性。

我的父母是山东文登人，很小就定了亲。爷爷家的村庄很小，只有一所初级小学。父亲读高年级的时候，就要到母亲所在的村子里读书了。每逢放学的时候，和母亲一起玩的小伙伴就嚷：快看小英子的丈夫啊，他下学了。

母亲小名叫英子。她远远地看着父亲——一个眉毛黑黑的高大男孩。

父亲在威海读了中学后，参军到了山东抗日军政大学。以后到了一野，解放战争中转战南北，跟随王震将军，一直打到了新疆的伊宁。

这座中国西北长满白杨的城市，距我父母的家乡，大概有一万里路。

一九五一年，我的父亲来了一封信，要我的母亲赶快到新疆与他团聚。那一年，母亲刚满二十岁。

父亲后来说，当时王震将军已经开始在内地广招女兵，他作为一个年轻的军官，时常被人问及婚姻。他记着母亲，所以邀母亲前去。但那时的新疆，遥远得如同今日的北极，都是罪犯流放之地。他征询母亲的意见，由母亲做出她对自己命运的选择。

母亲是可以不去的。

但是母亲深深记挂着那个有浓黑眉毛的男子。她把家里的门帘摘下来，洗净叠好，放在炕上，好像是去串亲戚，不久就会回来。把自己的换洗衣服装进一个小包袱，带着烧饼和姥爷卖了粮食凑的几块钱，踏上了未知的道路。

母亲先到了烟台，然后坐船到青岛。她从没出过远门，又晕船，坐的是轮船在水面以下的那个统舱，吐得日月无光。

但是青岛的风景使她把旅途的艰辛淡忘，凭着父亲开出的介绍信，母亲和几位到新疆寻夫的女人会合在一处。有一个女人的老父是个地主，农村的形势使他感到某种危险，所以和女儿一起远走新疆。他有文化而且有头脑，母亲就把介绍信交给他，由他一路安排食宿。

母亲离开家乡的日子是一九五一年农历的二月二，龙抬头的日子。其后的旅行在母亲的记忆里就变得模糊而迷茫。她上了一辆又一辆的汽车和火车，到达西安以后，又开始坐马车。他们这一伙老人和妇女每天住在负责接待的兵站里，像真正的军人一样大碗盛菜，馒头管够。

母亲刚开始想，当兵在外原是这样地舒服啊！但随着行程越来越向西，景色越来越荒凉，母亲想父亲一个人在外，真是够可怜的了。

沿途晓行夜宿，母亲已和同行的人十分熟悉。突然有一天，那老人说，现在已经到了新疆的界面，他们几个的亲人在南疆，而我的父亲在北疆。以天山为界，前面就是分手的地方。母亲将独自完成剩余的几千里路程。

那一瞬，母亲感到了极大的恐慌。甚至比从家乡出走时还要孤单。那时她不知道旅途的艰难，幸好找到了同伴。现在她知道以后的路程更加莫测，征途迢迢，却要独自跋涉。

但这是无法挽救的事情。老汉对母亲说，你的男人做的官比她们的都大，你会有好日子过的。路上的事你不是都见识过了吗？没有我，你也一样能对付得了。

他们坐着新疆特有的勒勒车，向南方的沙漠中走去。妈妈默默地注视着他们，充满惆怅。在以后的岁月里，再也没有得到他们的音讯。

一九五一年的五月，历尽风霜的母亲到达了新疆的乌鲁木齐。她被告知父亲在伊宁率领部队执行任务，一时没有汽车到那里去，只有等。

母亲就在乌鲁木齐等了整整一个月。那是一段十分痛苦的等待，母亲什么人都不认识，一个人到街上去转，语言又不通。母亲想，一定不能死在这里，不然变成鬼魂，也找不到人说话。后来总算有了一辆老掉牙的车，要到伊宁去，母亲迫不及待地爬上车，一路颠簸，终于在离开家乡五个月以后，到达伊宁。

母亲坐在父亲的团部里，有人去喊父亲……

我以为这种阔别多年的会面一定非常激动，没想到母亲淡淡地说，她看到父亲时只有一个感觉——他长大了。

我也问过父亲同样的问题，您见到母亲的第一印象是什么？父亲说，当然是高兴啊，你妈妈胆子够大的。要是别的人，不会跑这么远来找我。咱们老家的那地方人，是很恋家的。

母亲在父亲的团里住了下来。那时候，部队很艰苦。领导干部的家眷平日也都住在集体宿舍里。只有到了星期天，才让夫妇团聚。办法是在大礼堂里用白布单分隔出许多单间，女人们先把自己的被褥铺好，熄了灯以后，男人们才无声地钻进自己的家。母亲说，黑灯瞎火的，有的男人曾经摸错过门。

我就是孕育于这样的环境。

由于水土不服，母亲的身体变得很坏。她在卫生队当了一段时间护士以后，就再也支撑不了了，天天躺在床上。有一次她下床的时候，晕倒在地，头撞在脸盆架上，血把肥皂盒都灌满了。

母亲说，我从一出现，就同她作对，害得她一点东西也吃不了，最后变得骨瘦如柴。她甚至想自己可能要死在这个叫作伊宁的地方了，这是她第一次后悔到新疆来寻找我的父亲。

正是母亲最困难的时候，上级命令父亲带着他的队伍出征。母亲看着父亲，什么话也没有说。因为她知道，说什么话也不能改变父亲执行命令的决心。她只是仔细地盯着父亲，要把他的形象深深地刻在自己的脑子里。她想，等他回来的时候，自己可能已经不在这个世界上了。

父亲也是什么也没说，他只是留下了一个警卫员照顾我的母亲。

这是一个老兵，足有四十多岁了。当母亲第一次对我描述他的时候，我说，妈，您肯定记错了。哪有那么老的兵？这个年纪可以当将军了。

母亲说他真的只是一个兵，是从国民党队伍里解放过来的，个子矮矮的，脸圆圆的，一笑一眯眼，很和善的样子。

父亲在众多的战士里挑选了这个老兵，是他一生最英明的决定之一。如果不是这个有经验的男人细心照料，我母亲和我的生命将遭遇巨大的风险。

母亲一天什么也不吃，不是她娇气，而是她的胃成心和她作对。无论她吃进什么，胃都毫无例外地翻滚，把东西吐出来。

在一九五二年伊犁河畔的一座土屋里，母亲被边塞的风吹得欲哭无泪；父亲则在远方率领着他的部队征战，绝不回头照料自己的妻子。

母亲无怨无悔地躺在床上。她甚至都停止思维了，只是在等待。等待她必然的命运。

这时候她闻到了一种奇异的香味，她觉得自己从小到大没有闻到过这么诱人的味道。

小胖子，你吃什么呢？母亲问。

她其实只是一个二十岁的少妇，那个老兵的年纪快有她的父亲大了。但是部队里都这样称呼那个老兵，大家都习惯了，她只能服从风俗。

小胖子走进来，黑色大土碗里，装着嶙峋精致的骨头和肉。

这是什么？母亲问。

这是野鸽子的肉。

哪里来的？

我逮的。

让我尝尝好吗？

好。

小胖子把碗递给我母亲，母亲把野鸽子肉一口气吃完了。然后他们就安安静静地等待着。以往也有这种情形，母亲把东西吃进去，但是很快就吐了出来。不是妈妈要吐，是她身体里一种莫名其妙的力量要这样捣乱。

决定吐不吐东西的是你。母亲对我说。

我无言以对。那时的事情我真是不记得。

等待的结果不是吐，是母亲又饿了——她还想吃野鸽子的肉。

小胖子高兴极了。他正为如何完成自己的任务大发其愁。要是我的母亲死了，他会像失守了一座阵地一样自责的。但他不知怎样劝一个吃不下东西的孕妇，他想出的唯一办法是——把周围能找得到的一切生物拿来烧了吃，他是一个四川人，还是很会吃的。

他吃了一样又一样，我的母亲总是无动于衷。但小胖子不气馁，继续试验下去。当他试到把野外捕来的野鸽子烧了吃的时候，我的母亲终于焕发了食欲。

在怀你的十个月当中，我只吃了不到十斤米。母亲说。

我说，妈妈您一定是记错了。一个孕妇，只吃这么少的粮食，她自己和婴儿都要陷入重度的营养不良。

母亲说，怎么会记错呢？大米是你父亲留下的，当时要算是特殊待遇了，由小胖子保管。我每次都劝他一道喝稀饭，因为四川人是爱吃大米的。他总是说，只有十斤，还是省着吃吧。这样一直到了生你的时候，米还没有吃完。

我说，我生下来的时候一定满面菜色。

母亲说，孩子你错了。生你的时候是在一家苏联医院，你红光满面，健康无比。

我说，妈妈这是怎么一回事？

母亲说，那都是野鸽子肉的功劳啊。

从那天以后，小胖子总是黎明即起。在伊犁河谷地上有一座废旧的仓库，小胖子把仓库所有的窗户都打开，在地上撒满苞谷粒。然后他就埋伏在远处，目光炯炯地注视着飞翔的野鸽子群。野鸽子们先是在天空盘旋，它们嗅到了新鲜苞谷的香气，一个个钻进幽暗的谷仓。它们在窗台踯躅着，判断有无危险。

小胖子在远处镇静地等待着，不慌不忙。

野鸽子就大着胆子飞进谷仓，降落在地面上，仔细地拣食金色的谷粒。它们发出咕咕的友善的叫声，把大量的同伴吸引过来。

小胖子有足够的耐心，他要到傍晚时分才开始动作。他拎着一把大扫帚，蹑手蹑脚地进了谷仓。野鸽子腾飞起的烟尘眯了他的双眼，但剩下的活他熟门熟路，就是闭着眼睛也是干得了的。他急速地奔到窗户跟前，把破旧的窗户死死关住。

谷仓立时昏暗起来，小胖子挥动大扫帚，上下飞舞，像哪吒的风火轮。野鸽子惊恐地飞翔着，但门窗已被堵死，扫帚像乌云般地扑下来，野鸽子无力地降落在地上……

小胖子把野鸽子捉住，把它们炖在从苏联买回的铝锅里，和我的母亲吃得津津有味。

我问母亲，您一共吃过多少只野鸽子？这可是杀生。

母亲说，那不是我要吃，是你要吃。要不然，为什么吃什么都吐，唯有吃野鸽子就不吐了呢？整个怀你的期间，我大约吃了几千只野鸽子吧。

我吓了一大跳说，您准是记错了。

母亲很严肃地说，我每天最少要吃十几只野鸽子，三百多天算下来，你说是多少只吧？

于是我暗暗地向造就我生命的这三千多只野鸽子道歉和祈祷。它们用血肉之躯构成了我的大脑骨骼牙齿和黑发；它们把飞翔的灵魂赋予了我；它们把从伊犁河谷的紫苜蓿红柳花蒲公英草籽中吸取的大地精华馈赠于我。我若是一生的努力还抵不过一只小鸟飞越蓝天时的勇敢，真是暴殄了天物。

母亲的身体渐渐有了力气，终于到了一九五二年的十月。中秋节过后，她住进了苏联人开的医院。阵痛席卷了她三天三夜，父亲却还在远方操练他的部队。有人把母亲难产的消息飞报父亲，他到医院里来了一趟。苏联医院的制度很严，他只能隔着窗户看一眼母亲。父亲当时满脸悲怆，注视着这个跋越了万水千山来找他的老乡……但是他不能停留，立即又骑马赶回了几百公里之外的部队。

母亲记住了父亲那张悲戚紧张的脸，她很感动。她的一生紧紧同这个人相连，在一个女人最危急的时刻，他不能帮助她，但给了她深深的关切，这就足够了。

我是在正午十二时出生的。母亲说，她几乎在我出生的同一分钟就睡着了。几天几夜没合眼，疲倦之极。护士捅醒她，让她看一眼初生的婴儿。母亲说，看到我的第一眼，惊讶我的眉毛那样像我的父亲，浓黑地皱着，好像在思考什么重大的问题。之后她更深沉地睡着了。

母亲远离家人，没人照料她。胖胖的苏联看护大娘端来鲜红的西瓜，示意她吃。我出生在晚秋，这在内地已经是没有西瓜吃的季节，但新疆正是瓜果飘香。因为出了很多血，母亲口渴万分。但是她没有吃那诱人的西瓜，想起在老家，人们说月婆子是不能吃凉东西的；而且她还有说不出口的原因，生孩子的时候，一直咬紧牙关，满口的牙齿都松动了，无法咀嚼……

母亲抱我回了凄清的部队。由于孩子不停地哭，不能再住集体宿舍了，母亲住进一间泥做的小屋。在新疆有许多这样的小屋，屋顶平平，墙壁裂缝，看得出是用砍土镘撅起的湿泥堆积而成，在某个角落还留着施工者当年的手印。你常常觉得它随时都会倒塌，其实它可以在风雨中屹立多年，比人要活得长久得多。

小屋远离人群，母亲抱着我，度过一个个漫漫长夜。孤独地听着呼啸的塞风，她不敢熄灯，面对如豆的灯火直到天明。清晨别人问她，是不是小女儿很难带？她说，没有啊。人家说，那为什么夜夜灯火通明？母亲不好意思承认自己害怕，就把罪名推到我身上，改口说，是啊，女儿很爱哭。

当我三个月的时候，父亲回来了。这是他第一次见到我，也很惊讶我是那么像他（其实我远没有我的父亲英俊，我先生同我相识以后，曾说过你的父母都那么出类拔萃，可惜了你们这些孩子，居然没有一个像他们的）。父亲对母亲说，准备好，我们要走了。

母亲默默地准备行囊，她已经习惯了父亲的漂泊，甚至都没有问这次是到哪里去。倒是父亲自己忍不住了，说，你猜我们是到哪儿？上北京！

当时正是一九五三年初，适逢组建军委，要从各大军区选调年轻的团职干部充实总部，父亲恰在其中。

母亲并没有表示太多的欣喜和惊讶，她是一切听从父亲。只是在具体办调动的时候，遇到了一点意外。当时母亲的军籍已经报上去了，正在待批阶段。本来父亲要是稍微催促一下的话，也早就办好了。但因母亲一直得病，之后又是孕育我，父亲总想等到母亲能精干地工作时，再批不迟。现在中央的调令急如星火，上面只有父亲一个人的名字。摆在父母面前的是两条路——要么父亲一个人赶赴北京，母亲等着军籍批下来以后再办调动；要么同行，但母亲是以家属的身份跟随进京。

母亲毫不犹豫地选择了后者，这使她在今后漫长的岁月里付出了高昂的代价，影响了她的整个性格。浓重的阴影甚至渗进了我们的童年。

但是一九五三年初的母亲是兴致勃发的。她将随着她终身的依靠，一步步向内地迁徙。她离开父母已经有很长一段时间了，她原不知自己何时才能再回家乡，此刻希望就在眼前。

我那时只有三个月，携带这样小的孩子跋涉关山将遭遇怎样的困难，母亲估计不足。他们匆忙上路，坐在隆冬时节的汽车大厢板上，开始了历时几个月的颠簸。

母亲本来以为是可以抱着我坐驾驶室的。一来在爸爸的队伍里，母亲一直是享受照顾的，她忽略了天外有天。再一个原因完全是凑巧，同时调往北京的干部里，有一名家属也带了一个孩子，八个月大。

那孩子比你大了将近半岁啊，可他们不让着我。母亲在多少年后一想起来，仍叹息不止。

我的父亲是历来以忍让为美德的，他反对我的母亲同对方讲理，甚至反对母亲同对方协商出一个方案，每个孩子各一天轮流坐在驾驶室里。他只是要母亲忍让，让那个比我的生命历程长了将近三倍的男孩，不受风雨的侵袭，日日享受驾驶室的温暖。

其实就是在那些最颠簸的日子里，留给我的依然是幸福。母亲的怀抱永远是婴儿的海洋与天空，只要有了母亲，我们就永远有太阳。

母亲为了我吃了很多苦，每逢到了兵站的时候，父亲都不愿让母亲抱着我与众人一起吃饭，怕我一时哭了起来，坏了众人的食欲。母亲就一个人在车上坐着，直到大家都吃完了饭，才独自走向冰冷的饭桌。当然父亲也是身体力行的，他也常常让母亲先去吃饭，自己抱着我，孤守在汽车大厢上。

我至今对所有人多的场合都心生畏惧，愿意一个人悄悄地躲在类似大厢板这种寂寞凉爽的地方，拄着下巴出神。我想这一定是归功于我的父亲从小不许我上桌吃饭的命令，养成了我躲避喧嚣的习惯。

进京的路线是从新疆伊宁翻越果子沟，到达乌鲁木齐。然后穿过星星峡经哈密出新疆，继续东进，沿河西走廊到达兰州。这途中，在安西，车坏了。母亲抱着我，徒步走过安西。一路上经过的许多地方，母亲都已忘记。她无暇欣赏车外景色，一个三个月的婴儿在她怀中嗷嗷待哺。但她记住了"安西"这个地名，因为父亲对她说，过去的皇帝为了表示边境安宁，中国就有了"安南、安东、安西……"这些名称。面对着苍茫的大漠和如血的夕阳，母亲抱着她的小婴儿一边跋涉一边想，但愿此生永远不再经过安西。

如今坐飞机不过几个小时的路程，父母亲走了几个月。到了一九五三年的五月，才到达北京。

其后的日子大约是母亲一生中最无忧无虑的时光。父亲作为年轻有为的军人，在总部机关大展宏图。新中国成立初期

175

军人至高无上的地位，使得母亲心满意足。她没有其他的事情，专心致志地生养儿女。这其中有一次调干上工农速成中学然后上大学的机会，母亲毫不犹豫地放弃了。让父亲有一个舒适的家，让儿女们有一个快乐的童年，就是母亲单纯而美好的愿望。

父亲到政治学院深造了。母亲在家抚育着我们。这时已到了一九五七年，母亲已有了我、妹妹、弟弟三个孩子。她住在部队的大院里，每天穿着剪裁合体的旗袍，领着弟弟、妹妹款款地散步。家中有保姆做饭，我被送到幼儿园长托，生活静谧而安详。

开始运动了，机关大院里闹得熙熙攘攘。从学校回来休假的父亲突然看到了几张大字报，说是有些军官的夫人没有工作，一天到晚躲在城里吃闲饭……下面还附了一张长长的名单，他的名字赫然在列。

大字报是一个哗众取宠的人所写，所有被点到名的军官们都置若罔闻。但我一贯尊严而要强的父亲如坐针毡，他第一次感到因为母亲，在众人面前抬不起头来。

吃晚饭的时候，父亲平平静静地说，你带着孩子回乡下去吧。

那一刻母亲惊骇莫名，但她很快就镇定下来了。她一生信服父亲，既然父亲这样说了，那就是一定应该这样做的了。她默默地接受了父亲的安排，居然没有一丝异议。

第二天早上，母亲穿着单薄的旗袍，雇了一辆三轮车，大清早赶到前门的廊坊头条，排队买了一架缝纫机。她从小绣花，二十岁时出来寻找我的父亲，现在带着三个孩子回到乡下，她不会干农活，只有给人家做衣服，以维持生计。

当所有的军官夫人都我行我素地过着和她们以往同样的日子时，我的母亲到办事处转出了我们母子四人的北京户口。对于这种毫无外力胁迫下的自由迁徙，办事员大惑不解，一再提醒我的母亲想清楚些，北京户口可是个宝，一出了这个门，你就是哭得眼睛流血，也成不了一个北京人了。

母亲默默地听着她的话，什么也没有说，带着我们的户口回到她的故乡——山东省文登县的一个小村。

父亲甚至没有把我们送回老家，就赶回去上他的学去了。

母亲离开故乡的时候，是一个如花似玉的女孩，那一方水土的人都以母亲为骄傲，对自家的女孩说，要出落得像小英子一样，以后嫁个军官，见大世面，过好日子。现在年近三十的小英子突然很落魄地拉扯着三个孩子回来了，其中我最小的弟弟还不到一岁。

姥姥一家慌忙腾出"门屋子"，给我们住。这是一间暗淡的小屋，在大宅院里，是看门的长工住的地方。乡亲们窃窃私语，以为我的父亲一定是犯了天条，或者是我的母亲遭了婚变。

他们狐疑地观察着母亲，母亲对这一切浑然不觉。人们唯一能相信母亲说她在外面日子过得还好的证据是——我们这几个孩子粉团玉琢，不像遭了虐待的模样。

母亲的缝纫机没有派上什么用场，她只会简单地轧线，并不会裁剪，乡下人喜欢的式样她也做不出来，根本没有人找她做衣服。她开始下地劳动，玉米锋利的叶子把她的胳膊划出道道血痕。她毫无怨言，跟着年迈的姥爷学习着一样样农活。

不管大人们如何评价这一次搬迁，它在我心里留下了极为美好的印象。我再也不用穿夹脚的红皮鞋，可以光着脚在地上跑来跑去。我再也不用喝腥气冲天的炼乳，而可以大嚼特嚼冒着青水的玉米秆，直到把舌头划出一道道血口，但是只见到吐出的渣滓变成粉色，并不觉得疼。中午时分我可以在大太阳底下，用姥爷编的小篮子捡河滩上无穷无尽的鹅卵石，捡满了就把它们倒回河里去。再也不用像幼儿园那样必须午觉，谁要是睡不着，多翻了几个身，生活老师就不给你升小红旗……

那一年，我五岁。一个五岁的城里孩子记住的都是快乐。我的妹妹三岁，我的弟弟一岁，所以我相信，要不是经过特别的提醒，他们是一定不记得自己曾经认认真真地做过几个月乡下人的。

我父亲独自遣返家属的事情，被领导知道了。他们要求父亲立即将我们接回。于是在离开北京很短的日子后，妈妈带着我们又回到北京。

新的家比原来的家还要大和漂亮，那时的家具都是配发的，所以把自己的被褥铺好后，几乎一切都没有变化，甚至比原来还要舒适。因为我已经过了幼儿园的转园时间，要在家里待几个月，才能进入新的班级，父亲专门为我请了新的保姆。

在一段时间里，家里居然有两个保姆，好不热闹。

表面看来，一切都没有变。但是一个最重要的变化已经不可逆转地发生了——那就是我的母亲认识到了世界的严酷。她原来以为父亲就是一切，现在才发现她除了父亲一无所有。

我要去上班，去工作。母亲说。父亲惊讶了一下，说，你能干什么呢？

母亲已经快三十岁了，她除了绣花，没有做过其他的工作。这些年忙着抚育我们，原有的文化已经淡忘。

别人能做什么，我也能做。母亲说。

但是孩子怎么办呢？父亲问。

找保姆。母亲坚决地说。

父亲是深爱母亲的，他什么都没有说，开始为母亲联系工作。因为母亲爱绣花，她进了一家工艺美术厂，在铜器上描花。

母亲也许幻想着成为一个工艺美术大师，但她必须从学徒做起，每月的工资是十五元。

家里雇着两个保姆的开销，数倍于母亲的收入。母亲每天除了上班以外，还要参加众多的政治学习，回家时往往是深夜。母亲从来没有经过这样紧张的奔波，回家后看着我们被保姆带得肮脏不堪，素有洁癖的母亲又挽起袖子亲自为我们洗涤。

这样几个月下来，父亲看着疲惫不堪的母亲和顿失饱满的孩子说，你就不要上班了。这是何苦呢？我又不是养不活你们。

母亲一字一句地说，我再也不想让别人养活了。那个贴大字报的人，不管是什么用心，但他让我明白了，一个人要是没有一技之长，说不定什么时候，别人就会操纵你的命运。

此后，母亲坚忍地过着她的学徒生活，我们几个孩子主要在别人的照料下渐渐长大。父亲繁忙地工作着。大家虽然忙碌，也很快活，直到有一天……

那时我已九岁了，记忆已十分清晰。在一天吃晚饭的时候，父亲突然说，我要回去了。

母亲什么也没问，但是立刻知道了父亲所说的回去，是指返回新疆。

母亲说，吃完饭，再说这件事好吗？

吃完饭后的事情，我就不知道了。当我长得比较大以后，才知道，由于中苏边境中蒙边境形势紧张，要向新疆增派干部。父亲是从新疆调来的，对新疆比较了解，自然是优先的人选。

我们已经守过边疆了，现在该轮着别人去了。母亲无力地说。

跟组织上，是不能讲这个话的。父亲说。

妈妈以为原来同我们一同调京的干部，大部分都会回去。没想到真到临行的时候，只有父亲依旧去戍边。

别人为什么都不回去呢？为什么偏偏是我们？母亲不解。

他们都说自己有病。父亲说。

那你也说自己有病。母亲说。

我没病。父亲说。

当我的父亲后来因患一种极罕见缓慢的恶性血液病而离开人间的时候，我在外文资料上看到，父亲所患疾病的病史是长达几十年的。父亲到了新疆之后就多次高烧，现在看来，那就是疾病的早期征兆了。

由于当时边境形势十分紧张，父亲必须立即前往，不得携带家属。于是父亲又一次离开我们母子，一个人奔赴祖国的边疆。

从那以后，我基本上就没有跟我的父亲长久地相处过。他在我的心目中，渐渐地幻化成一个神。当我们做了什么不好的事情的时候，母亲就会说，要是你爸爸知道了，他会难过的。要是我们做出了什么成绩，母亲就会说，你爸爸会高兴的。所以，对我来说，无所不在的父亲，总是在高远的天空俯视着我，犹如上帝的目光。

我觉得在我的父亲离开北京以后，我的母亲才真正地长大。尽管在这以前，她已经有了三个孩子，还经受了一次下乡的锻炼。但现在，她一向依傍的肩膀断然离开，在漫长的中蒙边境建设中国铁的边防，而三个孩子像蚂蟥一样吸在她的身上，汲取她的力量。

母亲在那个年代留下的照片，明显地呈现出一种断裂。在我的父亲没有离去之前，她是优雅的军官夫人。在这之后，虽然父亲的官职不断升迁，母亲反倒更像一个劳动妇女了。母亲在一所普通的工厂做工，从亲身的经历中体验到民间的疾苦，对我们的要求也更严格了。她终日和平民百姓打交道，变得越来越朴素。

母亲上班的工厂不通汽车，她就从旧货市场买来一辆"生产"牌自行车，从此每天在路上奔波两个小时。她再也不穿优雅的旗袍了，因为她始终没学会骑车的刹闸，遇到危险时只会匆忙跳下，旗袍不方便。她也像普通女工一样中午带菜，我记得她总是把辣椒之类的菜装进一个小酒盅里，说是这样不容易洒。依家中的情形，母亲可带好一些的菜，但她很俭省。我后来才明白，她是不愿让别的女工感觉她特殊。冬天她冒着风雪回来后，手冷得像冰坨。弟妹都吵着要她抱抱，母亲总是说，让我在暖气上把手烤热一点再抱你们……

母亲跟着她们工厂的人学着纳鞋底，说要给我做一双布鞋。我一直对母亲的布鞋充满神往，对同学们也吹过不止一次。但是母亲因为忙，这鞋做了好几年。等到鞋底子纳好的时候，我的脚已经长大了，无法再穿这双布鞋。母亲就说，可以改成布凉鞋，反正脚趾头能伸到鞋外面，小一点也是可以穿的。我大度地说，那就变成凉鞋好了。但实际穿起来，才知道布底子的凉鞋是很没有优越性的，夏天多雨，一沾水就变得死沉，实在不舒服。

母亲为我们织毛衣（在这以前，我们的毛衣都是买的，十分漂亮），织了很大一片，才发觉掉了一针。母亲就和我商量，说要是拆了重织，浪费很多时间。干脆用针线把那个窟窿补起来，不仔细看是看不出来的。我当然拥护母亲的合理化建议，而且认为天衣无缝。直到很多年以后，我听女人们议论起毛衣掉了一针，需拆了重织时，我苦口婆心地劝她们只需用针缝起来，她们惊讶得仿佛我是教唆纵火，我这才晓得母亲当年是如何地因陋就简。

母亲实在是太忙了。

父亲刚走，我的弟弟就在幼儿园里患了急性黄疸性肝炎。这在那个饥饿的年代，是可以置人于死地的疾病。三岁的弟弟被送到全军的传染病医院隔离治疗，因为我的父亲已经调出这个单位，父亲在时的所有待遇一概取消（我至今认为军队是最铁面无私的地方），母亲在每个星期日赶公共汽车，倒几次车，去远郊看我的弟弟。当然给父亲写了信，但是父亲是不会回来的，在他的心里，国家的事永远比自家的事重要。

后来我的妹妹又得了重病，住进了三〇一医院，要动手术。手术做到一半，医生传出话来，怀疑是癌症。母亲在扩大手术范围的单子上签了名，手术整整做了九个小时。那一年，我的妹妹刚十一岁。

父亲这一次回来了，但是只在家里待了三天，就又坐飞机赶回边防线。母亲几乎习惯了对命运中的突变，单独应战。她已经从那个柔弱的夫人成长为一根顶梁柱。

她每日守着妹妹，带她去烤镭，带她看中医。妹妹成功地从病魔的手里逃脱出来，是母亲再造了妹妹。

但母亲对我们又是很严厉的。自父亲调走以后，我们家的位置起了某种微妙的变化。我们的小学是部队的子弟小学，家长们的爵位就成了砝码。父亲在时，我并不是凭借父亲的职位才获得成绩，但是父亲走了之后，要保住以往的光荣，我们却要付出加倍的努力。

但无论怎样挽救，事情也有不能如意的地方。比如我担任少先队的大队长一职多年，因为我的学习成绩一直比较优秀。有一次，大院里说是学空军，要把孩子们另组织起一套新的队伍，一位成绩不如我的同学成了这个组织的大队长，而我成了一个莫名其妙的楼长。

母亲知道之后，声色俱厉地斥责我，说我骄傲了，退步了，怎么连××都不如了……那次打没打我，我不记得了。但我记得心境非常忧伤，我注视着母亲，心想妈妈您是真的不懂人一走茶就凉的道理吗？我比您小得多，可是我懂。我在心里对她说，妈妈，我已经尽了最大的努力，但我就是比现在做得还要好上十分，这个大院里的大队长也是不会给我当的。那个××的父亲是主管学校的要人，您忘了吗？

我的父亲出任中蒙边境边防总站的第一任政委，成功地完成了多次边境谈判。父亲一生淡泊名利，他永远把家庭置于国家利益之下，母亲为此做出了巨大的牺牲。

"文革"开始，父亲参加三支两军，制止武斗到了不顾身家性命的地步。母亲实在放心不下，她决定追随父亲到新疆。

母亲又一次经过安西，为了父亲和我，重回荒凉之地。

我参军到了西藏，母亲经常面向她以为是西藏的方向，长久地流泪。

我是长女，母亲对我倾注了更多的爱。我从小就和母亲相依为命，所有的艰难和困厄，我都和母亲一同度过。

我更深刻地认识母亲，是在得知我的父亲患重病之后。母亲的天塌了，我知道这对于她是怎样深重痛苦的打击。但是在那灾难性的日子里，母亲表现出了无畏的勇敢和坚忍，她无微不至地照顾父亲，安慰着我们。其实这个世界上最需要安慰的正是她自己啊。

写到这里，我的泪水滚滚而下，电脑的键盘上落满了水滴，手指不断打滑。我无法平静地描写父亲最后的时光，也许我永远也写不出来，那实在是心灵的炼狱。我只是为我的父母深深地感动着，他们相依为命，一同走过了艰辛而幸福的一生。

父亲在最后的痛苦中对我说：我很幸福。有你妈妈，有你们……

父亲是一个军人，一个永远以国家的利益高于一切的人。在他的一生中，我没有听到他说过类似温情的话。

我的母亲——那个山东昆嵛山下聪明美丽的女孩，她将一生交给了我的父亲，又顽强地从父亲的身影里走了出来，以她坚韧的自尊的努力，给了我们以良好的教养、简朴清白的品格、荣辱不惊的心胸和在巨大的苦难面前的无所畏惧的气概。

我的父亲在我的眼中是神，他的目光睿智而高远。

我的母亲是一个普通的女人，她用自己的血脉锻造了我

185

们，精神融化于我们的生命。为了使她快乐，她的子女愿意做任何事情。我的妹妹后来在北京大学读书，弟弟在一九七七年考上大学。

父亲去世后，母亲曾对我说，你爸爸到远处去了。你们小的时候，你爸爸就经常到远处去，这一次不过走得更长久些。我们终会到你父亲所在的地方去，我们还会团圆。在没有远行之前，我们还像以前你父亲不在的时候，一道好好地过日子，好吗？

好的。妈妈，我答应您。

爸爸妈妈，无论天上人间，我们永远在一起。

出自毕淑敏：《毕淑敏文集·倾诉》

群众出版社1996年版

母亲在公共汽车上的表现

铁　凝

这里要说的是我母亲在乘公共汽车时的一些表现，但我首先须交代一下我母亲的职业。

我母亲退休前是一名声乐教授。她对自己的职业是满意的，甚至可以说热爱，因此一开始她有点不知道怎样面对退休。她喜欢和她的学生在一起；喜欢听他们那半生不熟的声音是怎样在她日复一日的训练之中成熟、漂亮起来；喜欢那些经她培养考上国内最高音乐学府的学生假期里回来看望她；喜欢收到学生们的各种贺卡。当然，我母亲有时候也喜欢对学生发脾气。用我母亲的话说，她发脾气一般是由于他们练声时和处理一首歌时的"不认真""笨"。不过在我看来，我母亲对学生的发脾气稍显那么点儿煞有介事。我不曾得见我母亲在课堂上教学，有时候我能看见她在家中为学生上课。学生站着练唱，我母亲坐在钢琴前弹伴奏。当她对学生不满意时就开始发脾气。当她发脾气时就加大手下的力量，钢琴骤然间轰鸣起来，一下子就盖过了学生的嗓音。奇怪的是我从未被我母亲的这种"脾气"吓着过，只越发觉得她在这时不像教授，反倒更似一个坐在钢琴前随意使性子的孩童。这又何必呢，我暗笑着想。

今非昔比，现在的年轻人谁会真在意你的脾气？但我观察我母亲的学生，他们还是惧怕他们这位徐老师（我母亲姓徐）。他们知道这正是徐老师在传授技艺时没有保留没有私心的一种忘我表现，他们服她。可是我母亲退休了。

我记得退休之后的母亲曾经很郑重地对我说过，让我最好别告诉我的熟人和同事她退休了。我说退休了有什么不好，至少你不用每天挤公共汽车了，你不是常说就怕挤车嘛，又累又乏又耗时间。我母亲冲我讪讪一笑，不否认她说过这话，可那神情又分明叫人觉出她对于挤车的某种留恋。

我母亲的工作和公共汽车关系密切，她一辈子乘公共汽车上下班。公共汽车连接了她的声乐事业，连接了她和教室和学生之间的所有活动，她生命的很多时光是在公共汽车上度过的。当然，公共汽车也使她几十年间饱受奔波之苦。在中国，我还没有听说过哪个城市乘公共汽车不用挤不用等不用赶。我们这座城市也一样。我母亲就在长年的盼车、赶车、等车的实践中摸索出了一套上车经验。有时候我和我母亲一道乘公共汽车，不管人多么拥挤，她总是能比较靠前地登上车去。她上了车，一边抢占座位（如果车上有座位的话）一边告诉我，挤车时一定要溜边儿，尽可能贴近车身，这样你就能被堆在车门口的人们顺利"拥"上车去。试想，对于一位年过六十岁的妇女，这是一种多么危险的行为啊。我的确亲眼见过我母亲挤车时的危险动作：远远看见车来了，她定会迎着车头冲上去。这时车速虽慢但并无停下的意思，我母亲便会让过车头，贴车身极近地随车奔跑，当车终于停稳，她即能就近扒住车门一跃而上。她上去了，一边催促着仍在车下笨手笨脚的我——她替我着急，一边又有点居高临下的优越和得意——对于她在上车这件事上的比我机灵。她这种情态让我在一瞬间觉得，抱怨挤车和对自己能巧妙挤上车去的得意相比，我母亲是更看重后者的。她这种心态也使我们母女乘公共汽车的时候总仿佛不是母女同道，而是我被我母亲率领着上车。这种率领与被率领的关系使我母亲在汽车上总是显得比我忙乱而又主动。比方说，当她能够幸运地同时占住两个座位，而我又离她比较远时，她总是不顾近处站立的乘客的白眼，坚定不移地叫着我的小名要我去坐；比方说，当有一次我因高烧几天不退乘公共汽车去医院时，我母亲在车上竟然还动员乘客给我让座。但那次她的"动员"没有奏效，坐着的乘客并没有因我母亲声明我是个病人就给我让座。不错，我因发烧的确有点红头涨脸，但这也可能被人看成是红光满面。人们为什么要给一个年轻力壮而又红光满面的人让座呢？那时我站着，脸更红了，心中恼火着我母亲的"多事"，并由近而远地回忆着我母亲在汽车上下的种种表现。当车子渐空，已有许多空位可供我坐时，我仍赌气似的站着，仿佛就因为我母亲太看重座位，我便愈要对空座位显出些不屑。

近几年来，我们城市的公共交通状况逐渐得到了缓解，可我母亲在乘公共汽车时仍是固执地使用她多年练就的上车法：即使车站只有我们两人，她也一定要先追随尚未停稳的车子跑上几步，然后贴门而上。她制造的这种惊险每每令我头晕，我不止一次地提醒她不必这样，万一她被车刮倒了呢，万一她在奔跑中扭了腿脚呢？我知道我这提醒的无用，因为下一次我母亲照旧。每逢这时我便有意离我母亲远远的，在汽车上我故意不和她站在（或坐在）一起。我遥望着我的母亲，看她在找到一个座位之后是那么地心满意足。我母亲也遥望着我，她张张嘴显然又要提醒我眼观六路留神座位，但我那拒绝的表情又让她生出些许胆怯。我遥望着我的母亲，遥望她面对我时的"胆怯"，忽然觉得我母亲练就的所有"惊险动作"其实和我的童年、少年时代都有关联。在我童年、少年的印象里，我母亲就总是拥挤在各种各样的队伍里，盼望、等待、追赶……拥挤着别人也被别人拥挤：年节时买猪肉、鸡蛋、粉条、豆腐的队伍；凭票证买月饼、火柴、洗衣粉的队伍；买定量食油和定量富强粉的队伍；买火车票和长途汽车票的队伍……每一样物品在那个年月都是极其珍贵的，每一支队伍都可能因那珍贵物品的突然售完而宣告解散。我母亲这一代人就在这样的队伍里和这样的等待里练就着常人不解的"本领"而且欲罢不能。

　　我渐渐开始理解我母亲不再领受挤车之苦形成的那种失落心境，我知道等待公共汽车挤上公共汽车其实早已是她声乐教学事业的一部分。她看重这个把家和事业连接在一起的环节，并且由此还乐意让她的孩子领受她在车上给予的"庇护"。那似乎成了她的一项"专利"，就像在从前的岁月里，她曾为她的孩子她的家，无数次地排在长长的队伍里，拥挤在嘈杂的人群里等待各种食品、日用品一样。

不久之后，我母亲同时受聘于两所大学继续教授声乐。她显得很兴奋，因为她又可以和学生们在一起了，又可以敲着琴键对她的学生发脾气了，也可以继续她的挤车运动了。我不想再指责我母亲自造的这种惊险，我知道有句老话叫作"江山易改，秉性难移"。

可是，对于挤公共汽车的"爱好"，难道真能说是我母亲的秉性吗？

出自铁凝：《铁凝散文》
人民文学出版社2009年版

买一张火车票去看母亲

高建群

买一张火车票，我到小城去看母亲。我曾经在一篇文章中说，等我什么时候有了空闲了，我要做的第一件事情，就是去陪母亲住一段时间，吃她做的饭，跟她拉家常，捧起一本书读给她听。这文章写了几年了，可是我始终是一个忙人，无暇脱身。前几天，站在城市的阳台上，怅然地望着北方，我突然明白了，忙碌的人生是永远不会有空闲的。你要去看母亲，你就把手头的所有事撂下，硬着心肠走，你走的这一段时间就叫"空闲"。这样，我买了一张火车票，去小城。

卧铺票没有了，我于是买了张硬座票。我对自己说，等上了火车再补。可是上了火车以后，我只是轻描淡写地问了列车员两句，并没有认真去补。这时候我明白了，买票的时候，我是在欺骗自己：我是生怕自己突然改变了主意，于是先把票买上，叫自己再不能回头，至于到时候补不补票，我并没有认真去想。

火车轰隆轰隆地开着，开往山里。这条单行线的终点站就是小城。母亲就在小城居住。火车要运行一个夜晚，从晚上到早晨。火车要穿过一百零八个山洞，这是这条支线当年修通后，我第一次经过时，一个个数的。我坐在火车上，毫无倦意，脸上挂着一种善良的微笑。因为这是看母亲，因为在铁路线的另一头，有一个我生命中最重要的人物之一在等着我。

陶渊明是在四十一岁头上，写出那篇著名的《桃花源记》的。神州大地，何处是这桃花源？历朝历代，都有人在做琐碎考证。然而，一个美国心理学家在将这篇奇文输入电脑程序，一番研究之后，却得出一个石破天惊的结论。这结论说，这桃花源说的是母体，这《桃花源记》表现了一种人类渴望回归母体的愿望。当人类在这个为饥饿而忧，为寒冷而忧，为无尽的烦恼而忧的世界上进行着生存斗争时，他有一天会问自己，在自己的一生中，曾经有过那无忧无虑阳光明媚的时光吗？后来他说，有的，那是在娘肚子里那十月怀胎的日子。

坐在火车上，在我的善良的微笑中，我突然想起陶渊明的《桃花源记》这些事。我的微笑很像母亲。记得有一年我陪母亲在小城的街道上行走时，一位同事立即认出我们是母子，"你们有一样的微笑"。他说。此刻我想，当母亲在十月怀胎的日子里，她的脸上也一定时时挂着我此刻的这种微笑。我曾经写过一篇文章，剖析过雨中的洋芋花微笑的原因，按照老百姓的说法，这是一种母瘾行为。洋芋花在微笑的同时，它的根部开始坐下果实。

我时年四十六岁，比陶渊明写《桃花源记》时大五岁。我也是从四十岁头上，突然开始恋家的。是不是人步入这个年龄段以后，都会突然产生这种想法？我不知道。我这里说的"这种想法"，直白一点说，就是渴望回归母体，渴望在那里获得片刻的安宁，渴望在那里歇一歇自己旅程疲惫的身子，是这样吗？我不知道！不光我不知道，我想当年陶渊明写他的《桃花源记》时，大约也不知道，自己的潜意识中，会有那么古怪的想法。

在经过十个小时的乏味旅程，在穿过一百零八个山洞之后，火车终于一声长鸣，到达了小城。出站后，我迅速地搭乘一辆出租车，向母亲居住的地方飞驰而去。后来，我来到家门口，白发苍苍的母亲，还有几位邻居的老太婆，站在家门口等我。邻居的老太婆对我说，母亲知道我要回来，天不明，她就在门口等我了。

母亲是河南扶沟人，黄河花园口决口的遭灾者。遭灾后，他们全家随难民逃到陕西的黄龙山。后来，他们全家死于克山病，只母亲一人侥幸逃脱。逃脱后，七岁的她给父亲当了童养媳。我母亲十四岁时完婚，十六岁时生下我的姐姐，十八岁时生下我，二十岁时生下我的弟弟。我的父亲于七年前去世，如今这家中，只母亲一个人居住。

我已经有一年多没见母亲了，在母亲的家中，我幸福地生活了一个星期。我说我有胆结石，一位江湖医生说，多吃猪蹄，可以稀释胆汁，排泄积石。我这话是随意说的。谁知母亲听了，悄悄地跑到市场，买了五个猪蹄，每天早晨我还睡觉时，母亲就热好一个，我一睁开眼睛，她就将猪蹄端到我跟前。母亲养了许多花，花盆摆了半个院子。这花盆里还长着些朝天椒。我说，这朝天椒如果和青西红柿切在一起，又辣又酸肯定好吃。这句话刚一说完，母亲又不知从哪里弄来几个青西红柿，从此我每顿饭的桌上，都有这么一小碟生菜。

谁言寸草心，报得三春晖。在这一个星期中，我收敛自己的种种人生欲望，坐在家里陪着母亲。小城的朋友们听说我回来了，纷纷请我吃饭，我说饶了我吧，我这次回来只有一件事，就是陪母亲。

母亲不识字。记得我曾经在一篇文章中说，等有一天，我有了余暇，我要坐在母亲跟前，将那些世界上最好的书读给她听，我说，那时候我读的第一篇小说，也许是普希金的《驿站长》。现在，我这样做了，《驿站长》中那个二百年前的俄国人的悲惨命运，此刻成为这对小城母与子之间的话题。

一个星期到了，我得走了，世界上还有那么多的人生俗务在等着我。听说我去买票，母亲的神色立即黯淡了下来。她下意识地拽住我的衣角。这一拽，令我想起《西游记》中的白龙马眼里含着哀求，用嘴嗑住猪八戒衣襟时的情景。我对母亲说，等我的大房子分下以后，她去我那里住。母亲含糊地应了一句。

我还说，父亲已经去世，脚下纵有千路，但是没有一条能通向那里，因此我纵然有心，也是无法去探望的；不过母亲还健在，我是会时时记着她，时时探望的。

"热爱母亲吧，这是一个失去母亲三十年的人在对你说话！"这段话，是一个叫卡里姆的苏联作家在他的《漫长漫长的童年》中说过的话。此刻，在我就要结束这篇短文，在我就要离开小城的时候，这段话像风一样突然飘入我的记忆之中。由这句话延伸开去，最后我想说的是，亲爱的读者，如果你也有母亲，那么你不妨抽暇去看一看，世界并不因你离开位置的这段日子而乱了秩序，而你会发现，这段日子里你做了一件多么重要的事情。

出自高建群：《狼之独步·高建群散文选粹》
东方出版中心2008年版

母亲

生死之间

雷抒雁

突然有一天，你发现那一个把你带到这个世界上来的人走了，没有了，就像水被蒸发了，永远地永远地从你的身边消失了。消失了，那叫你乳名时亲切柔软的声音；那抚摸你面颊时，一双枯瘦的手；那在你出门远行时，久久注视着你，充满关爱和嘱咐的目光。都消失了！

这是不能再生的消失。不像剃头，一刀子下去，你蓄了很久的秀发落地了。光头让你怅然，但是，只要有耐心，头发可以再生，会以加倍的茂密蓄势待发。一个人消失了，死了，不会再长出来，不会的。

一位墨西哥的作家还说："死亡不是截肢，而是彻底结束生命。"是的，即使人们的手脚因偶尔的不慎，失去了，残肢还会提醒你，手曾经的存在。死亡，是彻底的结束，如雪的融化，如雾的消散，如云的流失，永远地没有了，没有了。

可是，记忆没有随着死亡消失。每天，一进房门，你就寻找那张让你思念、惦记，或者让你习惯了的熟悉面孔。没有出现，你会不自禁地喊一声："妈妈！"然后，一个房间一个房间去找，看她是在休息，还是在操劳，在洗那些永远洗不完的衣物，为孩子们在做晚饭，或者专注地看一幕有趣的电视？可是，这一回，你的声音没有回应。每一间房子都是空的，她不在。看着墙上那一帧照片，你知道她已永远不在了。那让你一直以为充满着欢乐的母亲的照片，怎么会突然发现其中竟有一缕忧伤。难道，照片也会有灵性，将她对你无边无际的关怀，变幻在目光中。

我不能再走进母亲常年居住的房间，我不愿触动她老人家遗留下的衣物，就让它原样留存着，一任灰尘去封存。唉，那每一件遗物，都会是一把刀子，动一动就会割伤你的神经。

日子一天一天过去。我不再流泪。谁不知道死是人生的归宿！生，让我们在生命上打上一个结；死，便是这个结的解脱。妻子这样安慰我，儿子这样安慰我。他们很快就从痛苦中跳出来，忙忙碌碌、欢欢乐乐，去干他们自己的事。好像那个死去的人，已是很久很久以前的事，古老得不再提起。我的母亲的死，给他们留下过短暂的痛苦，但没有留下伤口。我的心里却留下很大的伤口，有很多血流出，我常常按着胸口，希望那伤口尽快愈合；可是很快我发现，愈合的只是皮肉，伤痕的深处，无法愈合，时时会有血流出。

生命怎么会如此奇异？只是因为血缘吗？像通常所说的，我是那个生命体上掉下的一块肉，便血脉相通，情感相连，有了一种切割不断的联结。有形的以及无形的，可以解释的以及神秘得难以解释的，千丝万缕的联结。

我永远不会忘记二〇〇一年九月六日下午五时。在中国作协十楼会议室的学习讨论中，我以一种近乎失态的焦灼，希望结束会议，然后，迫不及待地"打的"回到母亲的住处。快到家时，我又打电话过去，想尽快地和母亲说话。铃声空响，我希望她是到楼下散步去了。

推开门，像往常一样，我喊了一声"妈妈"，无人应声。我急忙走进后边一个房间。妈妈呻吟着躺在地上。我扑过去，是的，是扑过去，一把抱起她，想让她坐起来，问她怎么了。她只是含糊不清地说着："我费尽了力量，坐不起来了。"我看着床上被撕扯的被单，看着母亲揉皱了的衣服，知道她挣扎过。一切挣扎都无用。左边身子已经瘫了，无法坐住。她痛苦、无奈，无助得像个孩子。这个曾经十分刚强的生命，怎么突然会变得如此脆弱！

可是，无论如何，我明白了那个下午我焦灼、急切、不安的全部原因。一根无形的线，生命之线牵扯着我的心。我没有听见妈妈跌倒的声音，没有听见妈妈呻吟的声音，没有听见妈妈呼叫的声音，可我的心却如紊乱的钟摆，失去平衡，以从未有过的急切，想回到妈妈的身边去。也许，只要她的手触摸一下我，或者，她的眼神注视一下我，我心中失控的大火就会熄灭。

仅仅两天之后，当妈妈咽下最后一口气，永远地告别了她生活了八十一年的这个世界的时候，我觉得，我生命的很大一部分走了，随着她，被带走了。我猜想，一个人的理论生命也许会很长，但他就这样一部分一部分被失去的亲人、失去的情感所分割，生命终于变得短暂了。

没有医药可以医治心灵的伤痛。也许只有"忘记"。可是，对于亲人，要忘记又何其难！只好寻求书籍，寻求哲人，让理性的棉纱，一点一点吸干情感伤口上的血流，那些关于生与死的说教，曾经让我厌恶过，现在却像必不可少的药物，如阿司匹林之类，竟至有了新的疗效。

有一则关于死亡的宗教故事。说有一位母亲，抱着病逝的儿子去找佛陀，希望能拯救她的儿子。佛说，只有一种方法可以让你的儿子死而复生，解除你的痛苦：你到城里去，向任何一户没有亲人死过的人家要回一粒芥菜子给我。

那被痛苦折磨愚钝了的妇人去了。找遍了全城，竟然没有找回一粒芥菜子。因为，尘世上没有没失去过亲人的家庭。佛说，你要准备学习痛苦。

痛苦，需要学习吗？是的。

快乐，像是鲜花，任你怎么呵护，不经意间就凋零了。痛苦，却如野草，随你怎样刈割、铲除，终会顽强地滋生。你得准备，学习迎接痛苦、医治痛苦、化解痛苦。让痛苦"钙化"，成为你坚强生命的一部分。

不过，这将是困难和缓慢的学习，你得忍住泪水。

出自雷抒雁：《雷抒雁诗文集·第4卷·散文1集·屠龙之河》
人民文学出版社2013年版

我妈

鲍尔吉·原野

　　我妈今年七十二岁，除了皱纹、白发之外，看不到衰老。她早晨跑步，穿专业田径训练鞋。我外甥阿斯汗恶搞，把钟点回拨两小时，她三点钟起床跑，回到家四点半。我爸问："你昨天晚上干啥去啦？"以为她夜不归宿。

　　跑完步，她上香礼佛、熬奶茶、擦地，把煮过的羊肉再煮一下。我爸醒来，她给他沏红茶、冲燕麦炒面，回答我爸玄妙的提问：

　　"谢大脚到底是不是赵本山的小姨子？"

　　"海拉尔叔叔得的是什么病？"

　　"立春没有？"

　　阿斯汗醒来，提出更多的问题，关于洗澡、书包、鞋带儿等等。我妈应对这一切，用官员的话叫"从容应对"。自兹时起，到夜深关闭电视机，她为每一个人服务，从中总结规律，逐步完美。而她本人神采奕奕，像战场上的女兵一样谛听召唤。

　　但人老了，动作有些慢，手指也笨，她以勤补拙。我女儿鲍尔金娜有一条海盗式带亮钉的腰带，断折扔掉。按说扔应扔在垃圾桶里，她扔在窗台上。第二天，被奶奶用鹿皮缝好。

"哟！"女儿打量针脚，说，"奶奶，你应该考北京服装学院。"此院是鲍尔金娜就读之地。

就这样，我妈做完计划内的杂役，再寻觅计划外的事务完成之。当我媳妇把带观世音菩萨坠的金项链如勋章般给她戴上，作本命年礼物时，我妈欢喜不安。受人一粥一饭她且不安，况金银乎？

我妈像蚂蚁一样辛苦七十多年而没养成蚁王的习性，还在忙。别人坐着看电视的时候，她站着；别人吃饭，她还站着。唤她坐是坐不下来的，人站着总能帮上别人一点忙。好像没人管自己的母亲叫蚂蚁，一般都讴歌为大山呀江河什么的。我妈如蚁，没时间抬头看天，只在忙。

正月初六，我们从内蒙古返回沈阳，走之前自语到车站买瓶水。这时我妈不见踪影，同时我姐夫的鞋也不见了。

"姥姥把你鞋穿走了。"阿斯汗对他爸说。

"不可能。你爸一米八，姥姥能穿他鞋吗？"我媳妇对阿斯汗说。

我姐夫打开门："听，你姥姥上来了。"

我妈穿一双大皮鞋上楼，手捧矿泉水。她怕我们买，连忙下楼了。为儿女的小事儿，我妈迅捷得连鞋都来不及换。如果我妈是一只鸟，一定从窗户飞出飞入无数次，把所有好东西拿回来给自己的儿女，不管飞多远。

春节前，牧区的哥哥朝克巴特尔、姐姐阿拉它塔娜和妹妹哈萨塔娜每人肩上扛着羊，给我妈过本命年。他们请婶子上坐，献上礼物（不是羊，是缎子被面、红糖、毛衣和钞票），跪拜。阿拉它塔娜双手抚胸，唱一曲古老的民歌，其他人额头伏地。

> 如果大雁还在的话
> 小雁才感到幸福
> 如果父母还在的话
> 儿女才感到幸福……

这首歌很长，回环往复。跪地行礼的人都五十多岁了，满面风霜。我妈扭过脸，泪水难禁。他们是我大伯的儿女，每个人自小都得到过婶子的抚育。我妈像一只在林中结网的蜘蛛，把四面八方的亲戚串联到一起，共同吸吮网上的露水。

我妈对我说："其实我最喜欢的事儿是看小说，就是没时间。"

时间，成了一个七十岁老太太的稀缺之物，以至于不怎么吃饭，不怎么睡觉，她把自己的心分成很多份给了别人，私享的一念是读书。我给她寄过一些杂志，她望而欣慕，夜深之后慢读，指沾唾沫掀书页。她说这声音好听。

家是碗，母亲是碗里的清水。人们只看到碗，看不见里边的清水。

出自鲍尔吉·原野：《水碗倒映整个天空》
吉林文史出版社2014年版

两个人的电影

迟子建

母亲今春血压居高不下，我怀疑是故乡的寒冷气候使然，劝她来哈尔滨住上一段，换换水土，她来了。说也怪，她到后的第二天，血压就降了下来，恢复正常。我眼见着她的气色一天天好看起来，指甲透出玫瑰色的光泽。她在春光中恢复了健康，心境自然好了起来。她爱打扮了，喜欢吃了，爱玩了，甚至偶尔还会哼哼歌。每天她跟我出去散步，看待每一株花的眼神都是怜惜的。按理说，哈尔滨的水质和空气都不如故乡的好，可她却如获新生，看来温暖是最好的良药啊。

白天，我看书的时候，母亲也会看书。她从我的书架上选了一摞书，《红楼梦》《毛泽东的晚年生活》《慈禧与我》《文化大革命十年史》等，摆在她的床头柜上。受父亲影响，她不止一次读过《红楼梦》，熟知哪个丫鬟是哪一府的，哪个小厮的主子又是谁。大约一周后，她把《红楼梦》放回去，对我说，后两卷她看得不细。母亲说《红楼梦》好看的还是前两卷，写的都是吃呀喝呀玩呀的事情，耐看。而且，宝玉和黛玉那时天真着，哥哥妹妹斗嘴斗气是讨人喜欢的。母亲对高鹗的续文尤其不能容忍，说他不懂趣味，硬写，把人都搞得那么惨，读来冷飕飕的。她对《红楼梦》的理解令我吃惊，起码，她强调了小说趣味性的重要。

母亲对历史的理解也是直观朴素的。那段时间，我正看关于康有为的一些书籍，有天晚饭同她聊起康有为。她说，这个人不好啊，他撺掇着光绪闹变法，怎么样？变法失败了，他跑了。要是不听他的，光绪帝能死吗？为了证明她的判断是正确的，她拿来《慈禧与我》，说那里面有件事涉及康有为，也能证明他的不仁义。母亲翻来翻去，找不见那页了，她撇下书，对我说："不管怎么着，连累了别人的人，不是好人啊。"康有为就这样被她给定了性。

我想让母亲在哈尔滨过得丰富些，除了带她到商场购物，去饭店享受美食，去植物园看牡丹和郁金香外，还带她进剧场。我陪她看了一场京剧，是省京剧院在五月份推出的"京剧现代戏经典剧目回顾展"，上演的是《红色娘子军》《沙家浜》《磐石湾》《海港》等的片段。当舞台上出现穿着蓝军服、戴着红袖标的娘子军时，母亲直摇头。好不容易挨到戏散，她得救般地对我说："这样板戏有什么好看的？太难听了！现在怎么还演这个？这东西怎么还成了'经典'了？"母亲接着说了一大堆传统折子戏的名字，什么《打渔杀家》《贵妃醉酒》《霸王别姬》《杜十娘》《空城计》等，她说："还得是这些老戏是个好东西啊，样板戏那叫什么玩意儿啊？"听了她的话，我回去后给她放梅兰芳的唱碟，谁知她对我说："换了换了，我最不喜欢梅兰芳的戏了。"我诧异，问她为什么？她说："我不喜欢男人扮

两个人的电影

女声，听起来不舒服。"母亲真是本色到家了。

"刘老根大舞台"在哈尔滨每晚都有演出，场面很火爆。我约母亲一同去看，她说："那东西有什么看头？就是耍嘛！"她说她受不了这个。不过她没有拗过我，有一天，我还是把她拉到剧场。虽然不是周末，但上座率还是很高。母亲说得没错，演出一开始，演员就朝观众要掌声，有的还蹦下台，在观众席中怂恿观众鼓掌。高分贝的音乐震耳欲聋，母亲再次堵起了耳朵，一副痛苦状。演出只到半程，当又一位演员出场后耸着肩膀嬉皮笑脸地要掌声时，母亲终于忍不住了，她几乎是用命令的口气大声对我说："咱走吧！"我也没有料到演出是这样，赶紧跟着她出来了。出了剧场，她长吁了一口气，对我说："怎么样？我说就是个'耍'嘛。再坐下去，我都要犯心脏病了！"

有一天，我和母亲黄昏散步时路过文化宫，看见王全安导演的《图雅的婚事》在上映，立刻买了两张票。我知道这部电影在威尼斯国际电影节上拿了奖。按照票上的时间，它应该开演五分钟了，我正为不能看到开头而懊恼呢，谁知到了小放映厅门口却吃了闭门羹。原来，这场电影只卖出这两张票，放映厅还没开呢。我找来放映员，他说坐飞机要是一个乘客，人家都得给飞，电影票呢，哪怕只卖出一张，他也会给放的。放映员打开门，为我和母亲放了专场电影。故事很简单，一个女人征婚，要带着"无用"的丈夫嫁人，而这个丈夫之所以"废"了，是因为打井所致的。这背后透视出的是草原缺水的严峻现实。虽然它与多年前轰动一时的《老井》有似曾相识之处，但影片拍得朴素、自然、苍凉而又温暖，我和母亲被吸引住了，完整地把它看完了。出了影厅，只见大剧场里"刘老根大舞台"的演出正在高潮，演员在台上热闹地和观众做着互动，掌声如潮。

我和母亲有些怅然地在夜色中归家，慨叹着好电影没人看。快到家的时候，母亲忽然叹息了一声对我说："我明白了，你写的那些书，就跟咱俩看的电影似的，没多少人看啊。那些花里胡哨的书，就跟那个'刘老根大舞台'一样，看的人多啊。"

母亲的话，让我感动，又让我难过。我没有想到，这场两个人的电影，会给她那么大的触动。那一瞬间，我觉得自己是幸运的，因为有母亲在，我生命中的电影，就永远不会是一个人的啊。

出自迟子建：《迟子建散文精选》
长江文艺出版社2018年版

风筝

王安忆

天下的母亲都爱操心，我妈妈是天下母亲中最爱操心的母亲。在她眼里，我们儿女全是还没孵出蛋壳的鸡，她必须永远孵着我们。

小时候，姐姐上小学了。她最惧怕的是毛毛虫和图画课。她画出的人全有着一副极可怕的嘴脸，图画老师只能摇头，叹息也叹息不出了。有一次，她有点不舒服，可是有一项回家作业却没有完成。那是一幅画，要画一只苹果。她为难得哭了，妈妈说："我来帮你画。"吃过晚饭，妈妈拿来姐姐的蜡笔和铅画纸，在灯下铺张开来。她决心要好好地画一只苹果，为姐姐雪耻。妈妈画得很仔细，很认真，运用了多种颜色。记得那是一只色彩极其复杂的苹果，一半红，一半绿，然后，红和绿渐渐接近，相交，汇合，融入。姐姐则躺在床上哭："老师要一只红的。"

后来，搞"文化大革命"了，姐姐参加红卫兵；后来，红卫兵分裂了，姐姐参加了某一派。这一派的观点大约是要把她们学校党的书记拉下马。妈妈和姐姐做了严肃的谈话，大意总之是，怎么能反对党的书记呢？党的书记是党的代表啊！等

母亲

等。最后，姐姐在学校大操场赫赫贴出了声明，声明退出这一派，而参加那一派。不久以后，真相大白了，姐姐退出的那一派是"革命派"，而重新参加的那派是"保皇派"。又过了不久，妈妈自己也靠了边。紧接着，爸爸也靠了边。这时，姐姐再弄不懂谁是"革命派"，于是就当了逍遥派。

妈妈时常辅导我们功课，尤其是算术。她不希望我们去搞文科，而要我们搞理工科。她明白理工科基础，在小学里便是算术了。有一次，临近大考，她辅导我"换算"。她一定要问我："一丈等于多少米？"我说："老师只要我们知道一米等于多少市尺就行了。"可是，妈妈说："万一有一道题目是一丈等于多少米，你怎么办呢？"她的逻辑是对的，我想不出任何道理来反驳，于是便只能跳脚了。

其实，她辅导我语文恐怕更合适一些，可她并不辅导，只管制我读书。第一次看《红楼梦》是在我小学四年级，妈妈把那些不适于我读的地方全部用胶布贴了起来，反弄得我好奇得难熬，千方百计想要知道那胶布后面写的是什么。

后来，我和姐姐先后去插队，终于离开了家。可我们却像风筝，飞得再高，线还牢牢地牵在妈妈手里，她时刻注意我们的动向。后来，我到了一个地区级文工团拉大提琴，妈妈凡是路过那里，总要下车住几天。有一次，我告诉她，我们去了一个水利工地演出，那里有一座大理山，有许多大理石，等等。妈妈便说："这是个散文的意念，你可以写一个散文。"这时候，我已年过二十，大局已定，身无所长，半路出家的大提琴终不成器。在我们身上寄托的理工之梦早已破灭。又见我一人在外，饱食终日，无所事事，反倒生出许多无事烦恼，便这么劝我了。之后，闲来无事，写成了一篇散文，不料想这成了我第一篇印成铅字的作品，给了我一个当作家的妄想。

然后，我便开始舞文弄墨，每一篇东西必须给妈妈过目，然后根据她的意见修正，才能寄往各编辑部，再次聆听编辑的意见，再次修正。她比编辑严格得多，意见提得极其具体、细微。我常有不同意之处，可是总不如她合乎逻辑，讲不清楚，于是又只好跳脚了。

然后，我去了北京讲习所，风筝的线仍然牵在她手里，每一篇东西总是先寄给她看。不过，与先前不同的是，妈妈同意让我听了编辑部的意见以后，再考虑她的意见。这时，我如同闸门打开，写得飞快，一篇连一篇，她实在有些应接不暇了。终于有一天，她紧接一封谈意见的信后又来了一封信，表示撤销前封信，随我去了。风筝断了线，没头没脑地飞了起来，抑或能飞上天，抑或一头栽了下来，不过，风筝自己也无须有什么怨言了。这后一封信是在我爸爸的劝说下写的，爸爸劝妈妈不要管我，随我自己写去。这是爸爸对我们一贯的政策，他对我们所有的担心只有一点，就是过马路。出门必须说一句："过马路小心！"其他都不管了。似乎普天下只有过马路这一危机，只要安全地度过马路，人平安无事地在，做什么都行，什么希望都有。倒也简练得可以。

长大以后，说话行事，人家夸，总夸："你爸爸妈妈教养得好。"有所不满，总说："给你爸爸妈妈宠坏了。"似乎，对于我们，自己是一点功绩也没有的。或许也对。小时候，我喜欢画画，画的画也颇说得过去，老师总说："和你姐姐一点不像。"可无奈大人要我学外语，请来教师，一周三次上英语课。只能敷衍应付。到了末了，连敷衍也敷衍不下去了，只得停了课。如今，我每周两次，心甘情愿地挤半小时汽车，前往文化宫学习英语，苦不堪言地与衰退的记忆力做着搏斗，不由想，假如当年，父母对我拳棒相加，也许这会儿早能看懂原版著作了。再一想，假如当年，大人听顺我的志趣，或许现在也能画几笔了。倒是这样似管非管，似不管非不管，弄出了个做小说的梦。想来想去，儿女总是父母的作品。他们管也罢，不管也罢，都是他们的作品。风筝或许是永远挣不断线的。

1984年4月25日

出自王安忆：《时间在空间里流淌》
新星出版社2012年版

妈，你要一直美下去

潘向黎

我这一生有一件事非常幸运，那就是我有一个好妈妈。那是上天能给一个人的最好的祝福中的一个。

妈妈非常爱我，而我也从小就非常爱她。只要能让她高兴的事情我都愿意去做，看到她的笑脸是对我莫大的奖赏。

有一年我为了方便，在外面租了房子。我租的房子在市中心。那一年正好妈妈刚退休，我布置完了就把妈妈接来。她很高兴地来了，房子只有一间房，房间里只有一张床，所以长大以后我第一次又和妈妈睡在了一起，那种温暖让我觉得长大是多么无奈而凄凉的事情。我们离花市很近，我买来玫瑰和百合，插在水晶花瓶里，房间里顿时有了一点奢华的气息。每天早上，妈妈到附近的公园里锻炼，然后给我买早餐回来，有时是包子，有时是油条还有豆浆。然后，我们逛街，买东西。父母住在复旦大学的宿舍里，离市中心远，有些东西买不到，所以妈妈有一张购物清单，我们一起在街上找那些东西。走累了我们就坐下来喝东西，我喜欢带妈妈去我平时去过的好地方，妈妈也不嫌贵，总是大大方方地进去，好像是这种地方的常客，她还夸这些地方布置好看，有意思，这让我很满意。我请妈妈吃饭，因为知道妈妈只住几天，所以我把要去的地方排了队，今天是回转寿司，明天是正式的日本料理，然后是西餐，让妈妈尝尝黑胡椒牛排、法国蜗牛，再然后就该上海本帮菜了，还有广东菜，要吃哪一家？

妈妈完全听从我的安排，每个地方她都很喜欢，不论是环境还是菜点的形式和味道，她像个孩子一样，睁大眼睛说："是这样的啊，真有趣！"有时也说："这么高级，吃下来舌头会不会起泡？"看到妈妈这样，让我感到特别纯粹的满足。我好像第一次觉得钱是很好的东西，请自己的妈妈吃饭，真的很有成就感。

那几天我完全根据妈妈来安排时间，妈妈几次说这样耽误你写东西，我说写东西重要还是妈妈重要？我们难得单独在一起。妈妈就不再说什么了，她明白我的心情。

那几天真是很幸福的日子。妈妈也觉得是，妈妈回了家还向爸爸和妹妹描述了这几天的见闻，很兴奋很骄傲的样子。妹妹打电话给我说，让妈妈这么开心，姐姐，你真的很值啊。

真的很值。

但是妈妈实在太好哄了。我不过是花了几天的时间，怎么比得上她几十年的操劳和奉献？作为她的女儿，我经常觉得很惭愧。我会在半夜醒来，想到妈妈的好，妈妈的不容易，想得浑身燥热，无法入睡，想得心如刀绞，泪流满面，但是这都不能改变我对她的态度：经常借口忙，把许多人和事排到妈妈的前面；有时候会嫌她反应比我慢，有话也懒得对她说；有时

妈，你要一直美下去

候因为想法不同会突然不耐烦，甚至心情不好的时候给她脸色看……似乎无论我怎么样，她都会原谅我，而我的表现也总是这样时好时坏。我真是不可救药。

这么多年了，我所有的痛苦和挫折，妈妈总是第一个帮我分担的人，而且她分担了从来不说，事后也不要我领情。更没有抱怨——虽然她是最有资格抱怨的！是《圣经》里吧，有一句话是："爱是永不止息，爱是不轻易动怒，爱是恒久忍耐，爱是不失望……"我想那说的一定是妈妈对儿女的爱。其他的爱怎么可能？我们讴歌最多的爱情，能吗？

对我这个长女，妈妈希望的只是：她的大女儿平安，健康，快乐。对妹妹，妈妈希望的也只是：她的小女儿平安，健康，快乐。其他的，没有了。她甚至没有要求过我们怎样对待她。她说过："我自己亲生的女儿，怎么会对我不好？"她从来不担心这个，也不太理解有人为什么要担心。

直到我一点点开始老了，我才渐渐明白，妈妈在成为我的母亲之前，其实也是一个小女孩。那个小女孩并没有梦想要做一个母亲，她只是一个漂亮单纯可爱的小女孩。她是家庭中最小的女儿，她的父母都是医生，虔诚地信奉基督教，她有三个哥哥两个姐姐一个弟弟。大哥和二哥都比她大了十几岁，所以在她上小学的时候，他们分别当过她的生物和音乐教师。

那个漂亮单纯可爱的小女孩有过一个长长的等待。她八岁那年二哥去了美国。"二哥去美国以后，给我来信说，知道我还是很乖，会给我买一条项链。我就一直等，但是他没有寄来。"他们兄妹隔了三十二年，才在他们的父亲、我的外公弥留之际重逢，这时谁都没有提起那个尘封的诺言。她后来当然理解了：二哥早年在异国他乡非常艰难，实在无暇顾及给妹妹的礼物。她总是很能理解别人，何况是自己的哥哥。但是从她一次次的讲述中间，我还是听出当年幼小的她认真的等和认真的失望。我每次听了都觉得心疼，恨不得马上买很多条项链：白金的、宝石的、玉石的、珊瑚的、珍珠的……来送给她。妈妈反对奢侈，一向说我乱花钱，所以我只买了一些不值钱的项链、挂件给她，但是这一切都不能补偿她童年的失望。

妈妈是知识女性中最谦虚平和的那一类，她一直不太有自信，其实她是能干的。她在工作上两次改行，她是俄文专业毕业，后来靠自学和短期培训从俄文教师改任英语教师，后来又从英语教师改成大学图书馆的外国教材编目、中文期刊编目，还通过了严苛的第二外语考试，评上了副高级职称。她四十岁在别人的讥笑声中学会了英文打字，五十岁掌握了俄文打字，五十五岁学会了电脑，是当时单位里会电脑的人中年纪最大的。说来难以置信，我的第一本散文集，甚至是她替我录入的，我还是追着妈妈学会录入的——她用的是自然码，所以我也是用的自然码。

妈妈还是好看的。不是我这样认为，我的朋友们见过她的个个说她美丽、优雅、有风度，我最要好的闺蜜甚至不止一次说："你妈妈现在都比你漂亮！"我相信这个话，但是妈妈听了，却像听见什么奇谈怪论的样子，根本不能接受。偶尔有她的朋友夸她，她回来会告诉我们，还是将信将疑、不好意思的样子。最近妹妹给她拍了一张照片，一头烫了漂亮发卷的白发，一件桃红底子黑色花纹的合体衬衣，双目明亮，笑容灿烂，整个人洋溢着说不出的和畅恬静，全家人都吃惊地说："哇！像秦怡一样好看！"妈妈说："开什么玩笑？"秦怡是她最欣赏的影星，她绝对没有那个野心。而且——"都这个年纪了，怎么还能说漂亮？"她说。确实是，她身上引人注目的，不能说是漂亮，是一种比漂亮更坚固、更本质的东西，纯银一样闪着柔和的光。

我母亲依然美丽，依然能干，依然不自信。这种不自信，使她身上那种单纯、天真的气质更加明显、更加耐人寻味。有人说宋美龄八十岁身上还有姑娘气，我觉得，妈妈也是。

母亲节到了，我把这篇永远也写不完的文章献给我的妈妈。我还要大声对她说："妈妈，给躲在你心中的那个小女孩戴上一条最美的项链吧！不是每个女人都是女王，但每个女孩都是公主！现在的你，把口红抹得艳一点，走路把头抬得高一点，你会一直美下去！"

对了，就算你不再好看了也没关系，真的。记不清哪部电影里有这样一句台词，说得真好——我永远爱你。时间有什么了不起？

出自潘向黎：《无用是本心——潘向黎散文随笔精选》

海天出版社2014年版

致流浪的母亲

李 娟

之一：归来

（母亲走近家门的脚步声，每一下都踩在深深的时间里面……）

妈妈，你夜深了才回来，我们仍醒着等你。我们趴在窗户上，一张张小脸紧紧地贴在窗玻璃上看着你的情景，让你一生都忘不了。你还没跨进家门，就急忙从衣袋里掏出糖果。我们欢乐地围上去，你便仔细地把糖果给我们一一匀分，我们高兴得又跳又叫，令你欢喜又骄傲。我们七手八脚给你端来烫烫的洗脸水，给你热饭，围着你，七嘴八舌抢着问你城里的事情。很晚很晚了，但是因为兴奋，我们谁也不能入睡。后来你终于拧熄了马灯，房间一片黑暗。你深深地躺在黑暗里的角落中，想起当自己还走在更为黑暗的归途中时，因远远看见了家的那粒豆焰之光，忍不住加快了脚步……你入睡了。但是睡了不久又惊醒。你梦见自己又一次走进院子，一眼看到我们紧贴在玻璃后面的——那一张张令人落泪的——无望而决意永远不会改变的——狂盼的——面孔……

妈妈，你十天后回来，看到家里的小鸡明显地长大了许多。原先每天拌半盆麸皮和草料喂它们的，现在非得拌两盆不可了。你趴在鸡圈栅栏上，吃惊地看它们哄抢饲料。你衣服上的扣子掉了一个，衣襟和袖口很脏很脏，你的裤子也磨破了，你的鞋尖上给趾头顶了个洞出来，露出的袜子上也有洞。你的头发那么乱，你的脸那么黑，你的双手伤痕累累……妈妈，你去了十天，这十天你都遇到了什么样的事情呢？这十天里，你似乎在那边过了好多年……家让你亲切又感激，你摸摸这里，看看那儿，庆幸自己不曾永远离开过。于是你在外面受的苦就这样被轻易抵消了。你拖张小凳坐下来，满意地叹息。

妈妈，你十年后回来，看到一切都还没有改变。同你十年前临走时回头看到的最后一幕情景一模一样——我仍在院子里喂鸡，手提拌鸡食的木桶。你思绪万千，徘徊在门外不能进来。你又趴在门缝上继续往里看，我不经意回过头来，我旧时的容貌令你一阵狂喜，又暗自心惊。我依稀听见有人低声喊我，便起身张望，又走到门边，拨开别门的闩子，探头朝外看。你不知为什么，连忙躲了起来。妈妈，这十年来发生的所有事情，好像全集中发生在昨天。你回来了，像从来不曾离开过似的。傍晚的时候，你挑着水回家，我从窗子里一下子看见了，连忙跑出去给你开门。恍然间就像多年前一样熟练地迎接你。然后我呆呆地看你挑着水熟悉地走向水缸，把水一桶一桶倾倒进去。这时，一直躲在我身后的孩子突然叫我"妈妈"，你立刻替我答应，回过头来，看到我泪水长流。

妈妈，你五十年后回来，我已经死了，你终于没能见上我最后一面。我的亲人们围着我痛哭，但是你一个也不认识。而他们中也没有人认识你。但是他们可怜你这无依无靠的流浪老人，就给你端来饭食，然后再回到我的尸体边哭。后来他们把我安葬。你远远地看着，感到所有这一切似乎都是你自己一个人想象出来的情景。你把一场永别进行了五十年。你看，你本来有那么多的时间的，可是你却不愿意拿出一分钟来和我待在一起。你宁愿把它们全部用来进行衰老。妈妈，你很快也要死了。你用你的一生报复了谁？

妈妈，你一百年后回来，那时我又成为一个小孩子了。我远远地一看到你就扔了手中的东西，向你飞跑过来，扑进你怀里大哭。妈妈！我一世的悲伤，非一个孩子撕心裂肺的哭喊而不能表达……妈妈，请带我走吧……请和我一起后悔：当你还年轻，当我还年幼，我们为何要放弃有可能会更好一些的那种生活？……妈妈，更多的，我只记得你的每一次离去，因此更多的，我终生都在诉说你的归来。

致流浪的母亲

之二：呼唤

（……母亲默默无语，扭头就走……）

妈妈，你把我深深埋进大地。等了几十年，仍不见我发芽。你对着大地呼唤，又掘开大地，却怎么也找不到我了。你四面搜寻，挖掘，开垦出一片片湿沃的土地。这时春天来了，你便在这片土地上播撒下种子。

妈妈，你是一个丰收的母亲，你是一个富裕的母亲。你的粮食，喂养着经过这片大地的所有流浪者，使他们永远停留下来。他们中有很多人深深地爱慕你，夜夜梦见你健康的身子和你微笑的嘴唇。到了白天，他们就远远地看你。当你走近，又远远离你而去。

妈妈，你是母亲，所以有着母亲才有的纯洁眼睛。你以这样的眼睛打量世界，以母亲才有的想法揣测这世界，以母亲的心伤害每一颗深爱你的心。你是母亲，你的灵魂有着母亲才有的天真。

妈妈，被你埋进大地的，只是我死去的骨骸，而我活着的部分，被你埋进了你的记忆——我并不是消失了，只是被你忘记了啊……每当你偶尔想起了些什么，也只是想起了过去岁月里隐隐约约有过的一些欢乐。你反复对人诉说关于我的事情，说着说着停了下来，渐渐不知自己在说些什么——你说着我过去的事情，却不知道我是谁……你努力回想，落下泪来，使你周围那些爱着你的人，纷纷不知所措。

妈妈，你的家园在大地上，而不是在天上。但你常常站在浩荡无际的金黄麦地中央，长久地仰望蓝天。妈妈，因为你是母亲，你总是心怀希望。你是母亲，你总是更为欢乐。

你如迎接一般，欢乐地奔跑过大地。跑着跑着，就跑到了天上。所有人在下面喊你，你一边答应一边跳下来，可落地的只有衣服。他们四外找寻你，你也跟在他们中间四处奔跑。

你们一起跑过大地——

一起看到日出——

一起欢呼——

……

妈妈，你就是在那时怀孕的。你悄悄离开所有人，一个人走进深深的麦地分娩，一直到秋天还没有出来。秋天，这片麦地获得了前所未有的大丰收，所有人兴高采烈地从四面八方进行收割，收割下来的麦穗垛成了高山。收割完了的麦茬地也仍以丰收才有的壮观，空空荡荡地浩荡到天边。

那时候，所有人才发现你真的不见了。他们想到，你可能是找我去了，你可能已经找到我了。你可能正在那个找到我的地方，和我一起重新生活。他们就悲伤地过冬，悲伤地进入以后的岁月。那堆山一样高的粮食，让他们吃了很多年，一直吃到老为止。他们老了以后，有的人死了，有的人走了。大地恢复了最初的寂静和空荡。

这时，我才回来。

我回来了，妈妈。我一遍一遍地敲门，又走进荒芜的土地四面呼喊。夕阳横扫大地，一棵孤独的树遥遥眺望着另一棵孤独的树。妈妈，你到底在这里种下了什么？使这片土地长满了悄寂与空旷……一株一株的粮食，只作为一个一个的梦，凌驾在一粒一粒的种子之上。这是一片梦境茂密的地方！妈妈……我回来了，我坐在家门口等待。夏天有片刻的雷阵雨呼啸而过，秋天会有人字形的雁群飞过蓝天。

我坐在家门口，慢慢地记起过去那无数个相同的日子，曾有人在每个清晨满怀植物，向我走来……那些过去的日子，每一天都如此漫长，每一天都远远长于我的一生……妈妈，我还是回来了。

我曾走过森林，差点在里面永远地迷失。森林里每一片叶子都在以绿色沦陷我，它们要让我消失。它们在夜里，在近处，对我说：成为一棵树吧，你成为一棵树吧……清晨我便发现脚下生出了根……妈妈，我曾在那片森林里生长多年，春夏秋冬地枯荣发谢，我以为一切已到此为止。但是听到你喊我。

我曾走过冰封的湖泊，听到鱼在冰层下深处的水里静静地转身。我长久地站在那里，也想要转身，但一转身就迷路了，已辨不清天空悬挂着的那枚圆形发光体究竟是月亮还是太阳。

母亲

我又走了很久，患了雪盲，什么也看不见了，于是湖便在我脚下悄悄裂开冰隙。我欲要往前再走一步……但是听到你喊我。

我曾有过自己的孩子，我守着他们一日日长大。黄昏呼喊他们的名字，唤他们回家吃饭。我喊呀喊呀，后来眼睁睁看着他们循另外的呼唤跑去了，我喊错了吗？我是在喊谁呢？脱口而出的每一个字，都冰冷如铁……这时，你喊我的声音清晰地响起。

在我弥留之际，还是你的声音，让我最后一次睁开眼睛，看清前来的人是谁……看到他终于第一次为我落泪……妈妈，沿着你的声音，我最后一次闭上眼睛。

我的一生都在你的呼唤声中挣扎！妈妈，我奔跑在大地上，浑身湿透，气喘吁吁。我双脚磨破，面貌明亮。我侧耳倾听，环顾四望……妈妈，最终，我却被你的呼唤带到另外一个人身旁，去见他最后一面，然后孤独地回家，回去的路程，耗尽我的一生。

妈妈，其实，你呼唤我的声音，我从不曾真正听到过……只是"感觉"到了而已——我感觉到除我之外的整个世界都听到了。并且都正在长久地倾听。我俯在大地上贴上耳朵，听到万物应那呼唤而去的足音——蓬勃、稠密，它们长出地面，头也不同。一直长到秋天，又应那呼唤而凋零、枯亡。

整面大地，都倾向你呼唤传来的方向。所有的河流，都朝那边奔淌。

致流浪的母亲

鸟群顺着去向那里和离开那里的路，往返一生，什么都知道了……

四季也沿此循环，永无结果。

星座朝那里的地平线一日日沉落。我们孩子的眼睛，年复一年，往那边看。

风往那边吹。我们开垦的土地，一年一年往那边蔓延。

我们日晒雨淋一生。我们的房子，全盖在了那里。我们终生爱慕的人，在那里一直年轻。

戈壁滩在那里森林遍布，河流纵横，群山起伏。

所有的道路，为了抵达那里，从不曾停止过延伸。

所有的日子，过着过着，全向着那边一天天消失。

老人们为此衰老，孩子们为此悄悄成长。

我和他走在大地上，为此约定爱情的事……后来，又为此反悔。

曾有人，为此不止一次地死去。如今他在离我不远的地方沉默着生活，什么也不肯说。

……

而我，妈妈，我听了又听，泪流了又流，无论我听到什么，我同样，也不会说。

可是妈妈，人们所知道的仅仅是：你终生沉默。

却不知，在距离你的沉默无比遥远的地方，你呼唤的声音，正怎样兀自行进在寂寞漫长的途中，至今什么也没能找到。

你曾对着一株植物一声声呼唤，它毫无办法，最后只好开出花来。你继续对着那花呼唤，那花也毫无办法，最后只好凋零。

　　你曾在河边呼唤，你每喊一声，河便调头拐出一道弯来回头看你。于是每一个经过这片大地的人，都会惊讶这条河为什么流淌得如此曲折，反复迂回在这片大地上，徘徊着不肯离去。

　　你曾在夜里，在枕畔，以喃喃低语呼唤，却把他唤醒。他伸出手激动地拥抱你。他几次想摇醒你，想对你说出一件事情。但又想：再等一等吧，等到天亮再说……天亮了，你死了。

　　妈妈，即使你死了，你呼唤的声音，仍然还在通向我的途中继续流浪着。你呼唤我的声音，去到过多少遥远坎坷的地方啊！这些年来，它都喊住了什么呢？它的路比你的路更为艰难吧？前程莫测……等终于有一天赶到我面前时，会不会已认不出我来了？那时我满目疮痍，白发苍苍，令它犹豫不决，怎么也不肯相信我来自童年……当它停在我面前，会不会突然发现了什么……

　　妈妈，其实这些年来，你所呼唤的，只是我的名字，而不是我啊……妈妈，其实我加于你的孤独，远不及这片大地加于你的孤独。

　　其实在这片大地上，你是最贫穷的母亲，其实你连孩子都不曾有过……你离开所有人，独自走在深蓝高远的天空下，你连去处都不曾有过。你走进金色的麦地，走了不远，扒开茂密的麦丛，看到我蜷卧在麦田中央，刚刚从一个长梦中醒来。于是你像一个真正的母亲那样亲吻我，抚摸我的头发，哭泣着劝慰我不要哭泣。

之三：请不要一生不可停止

（我梦见母亲又迷路了，她在人来人往的街头东张西望，总是绿灯，总是绿灯。）

妈妈，我的双脚比我更坚强。当我疲惫不堪，几乎就要倒在路旁，几乎就要放弃的时候，只有它仍在往前走去。妈妈，我的双脚僵硬，打满血泡，布满伤口。我的鞋子早就破了，可以看到肮脏的脚背和脚趾。

当我来到我深爱着的那个人面前站住，羞愧难当，不知该怎样把这双脚躲藏。我努力忍着眼泪。但是他温柔地看我，使这眼泪终于流了出来。

……妈妈，我的双脚比我更坚强。哪怕就在那样的时刻！它仍笔直地站着，支撑我全部的喜悦和悲伤。我深深地低着头，把露在外面的、脏脏的脚趾缩了回去。

但是妈妈，到如今，这双脚曾带我走向的那些人，一个一个都衰老了。他们头发花白，面孔模糊，总是不停地在咳嗽。他们如今每走一步都离不开拐杖。他们都记不得我了，他们吃力地打量我，想了又想，想了又想。

还有我这双脚曾走过的所有的路，都再也无法继续忍受我的行走。如今它们纷纷改道了，全部通向荒野之中。

但是妈妈，我们还是得接着走下去。我们要到的地方，总是比下一步稍远。比起抵达，我们更善于离开。比起停止，我们更善于继续。我们的双脚，载着我们空空的一副身子，从世间一个角落赶往另外一个角落。一路匆忙，一路寂静。我们经过树，树上面刻着的名字素不相识。我们经过河，河里漂来的鞋子像在哪里见过。

我们走过整个白天后，径直走入睡梦。然而在睡梦里也不曾停止，一直走到眼睛睁开。看到鞋子停在床前，等待已久。

妈妈，我们穿过这广阔的一生，从没遇见伸出手来挽留我们的事物，哪怕是一棵伸出枝杈来挽留我们的树。

我们走啊，走啊。路系在我们双脚上，妈妈，我们若有片刻的停止，远方就开始牵扯、勒索……一切只在前方。饥饿的时候，饭在前方；困倦的时候，床在前方……我们不停地走啊，走啊。但是却远远看到他在前方，便转身迅速离开。

路纠缠在我们的双脚上，总会有些时候，突然不知该去向何方，脚步踉跄。那是我迷路了。

妈妈，当我迷路的时候，你又正在这世间的哪个角落慢慢地走着呢？你在哪条街道的拐角处站住，若有所思地回头张望？当我迷路的时候，我站在街头汹涌的人群中，有那么一瞬间，汹涌的人群全是向我而来的，我是世界上突然出现的缺口——唯一的一个可以缘此离开之处。我敞开着站在那里。又有一瞬间，那汹涌的人群全是离我而去的。

我迷路的时候，想道：路终于把我抛弃了吧？我坐在路边休息，有人来向我问路。我心肠如撕裂一般，无论如何也不能对他开口说："我不知道。"我血脉里的血都颤抖着停滞不前了！我想说："不如你和我一同去吧……"但是终于没有说出口。他奇怪我为什么泪落如雨。

妈妈，我曾走过高山，看到令人孤独的美景。那时我双手空空，携一身的疼痛。那时我多么想停留下来！妈妈，那时，你又正在什么地方不停地走着呢？你垂着头只顾赶路，突然被什么绊倒。你坐在路边揉着受伤的脚踝，不停地想着一些急于要做的事情，焦灼不已。

当我熟睡的时候，你又在哪里继续走着呢？当我梦到多年前的情景，梦到一生远远未曾开始，梦到大地辽阔。那时我们犹豫着，不知该怎样迈出第一步。而此刻，你走着走着，突然忍不住奔跑起来——你看到迎接你的一些事物突然如花朵的怒放一般对你张开了双臂！

我的请求也是："请不要一生不可停止。"——有人为你盖好了房子，有人为你开垦出田地、种上粮食，有人孤独地抚养你悲伤的女儿，有人为你早早挖开了墓穴，立好了墓碑。他们一生都在等你，他们一生都站在家门口眺望远方。请你不要一生不可停止！但是你会说："其实我一生都在回家的路上……"
你在说谎。

　　那些远方啊！星空啊！草原啊！风啊！云霞啊……妈妈，
那些我们死亡一般强烈地爱着的，疼痛一般清晰地感知着的，
忍受哭泣一般深藏心底的——那所有的，我们终生不能更靠近
一些的，是不是，正是我们，被我们无数次地放弃过的？我们
不停地走，一步一步追赶，一步一步舍弃……妈妈，当有人用
恋人的口吻对你说话，又用临终的口吻对你说话，你还停不下
来吗？你听到他也在说："请不要一生不可停止……"后面没有
听到的一句却是："其实，你的一生，早已过去。"

　　最后收容你的，仍是你童年时代就爱上的人。你终于老去
了，你白发苍苍，一身疾病，贫穷而衰弱。妈妈，你面朝他，
慢慢向他走去，只但愿这段距离是一生中最漫长的路，只但愿
永远也走不到尽头。

　　而我，我仍然还在一条雪白的街道上奔跑，不停地在冰雪
上滑倒。仍然还是凌晨，我还是急于去打一个同样的电话，约
好的时间就要到了。我深爱着他。我四处寻找可以打电话的地
方，用力敲打着一家又一家便利店的门，没有人，总是没有
人。约好的时间马上就要过去了！我又一次摔倒，脸重重磕在
坚冰上，手指流出了血。我想，就让我在此刻死去吧……死在
最后一场奔跑之中，死在最后一次终不能抵达之中……但是，
死之前得先打个电话。我又敲开了一家便利商店的门，一眼看

到红色的公用电话在角落里静静地等待着，慌里慌张拿起电话……却忘记了要说的话……他的声音陌生地传来："现在还太早了，一小时后再打来吧！"我说："好的。"我放下电话。仍不能停止，仍不能停止，仍不能停止。我还能活一个小时吗？我仍深爱着他。

而我停止之后的时光，其实更为寂寞漫长。我站在约好的那棵树下等啊，等啊。当他终于赶到，我早已支撑不住倒落树下。但在弥留之际我还是会亲吻他，以我那，被无数个秋天的落叶，覆盖着的嘴唇。

这时，妈妈，你也开始讲述你的故事，你对他说："你陌生地站在那里，看我远道而来，鞋底磨穿。等待我循来路回去。

"但是我还有一句话要说。

"——你年迈的母亲，托我捎来一双新鞋……

"你年迈的母亲……我在家乡与她告别后，从此就不知她是死是活。这一路上，多亏那双鞋——她让我捎给你的那双鞋，在前方一步一步地带路，领我走出了一个又一个死亡荒漠。夜里它孤独地站在高处眺望，我睡醒几次仍看到它还站在那儿，不曾挪动半步。后来我枕它入梦。我爱它的干净簇新……而我满面尘土，目光不再新鲜，心也逐渐粗糙了……

"后来我把它扔弃！我遭到欺骗和羞辱！我爬上悬崖，但是终于没有跳下去……当我把鞋子扔下深渊时，却听到你母亲喊我的最后一声……

"再后来，我穷尽青春，下到幽暗寂静的深渊寻找它——这是你母亲托我捎给你的鞋，她早就想到你离家时穿的那双早已磨破。她日日夜夜向我描述你在远方怎样受苦，怎样地回不了家……我与你母亲的那次离别，尚有再见面的希望。那天，她目送我远去时说了一句话，使我泪流至今。就在此刻，我要把这话说给你听。

"但是我更想说的是：这道路真的太漫长了！如果我中途做错什么事情的话，那一定是因为道路太漫长了，而不是因为我不爱你了。我还想说，在那些漫长的途中，我是多么寂寞……还想说，有一天当我经过一片绿洲，因为想留下来而哭泣……

"还想说，你母亲捎来的鞋，它经历的苦难比我更多。我找你找到最后，只有它还在努力向前走去；我恨你时，只有它还在默默地忍受。

"只有它到了今天仍在爱我。当你这么多年来音信全无……只有它最痛苦，只有它最无望。

"它同我一道，无望地用尽你母亲的力量……而来到你面前……

"而你陌生地站在那里，等我开口，等我转身循来路离去。

"我还能再说些什么呢？

"我已经用尽了你母亲的力量……她曾用这力量分娩过你，也曾用这力量忍心看着你从自己身边走开……现在她没有一点力量了！我一开口就令她倒地而死。

致流浪的母亲

"我回头张望故乡。还能说些什么呢？也许我真的该循来路回去了。但是——

"但是……

"我还有一句话要说。

"——你母亲托我从故乡捎来一双新鞋……但是对不起！

"在寻找你的漫长路途中……

"它早已……

"被我……

"穿破……"

之四：奇迹

（……母亲睡着的时候，世界上的岁月迅速经历种种变迁……）

妈妈，你总是相信一切的奇迹。你总是说你会看到飞碟的。你长久地伫立在白茫茫的雪地中，仰望天空……

这时，飞碟出现了。

你忍不住闭上了眼睛。

你说："请带我走吧……"

而此时，妈妈，我就在你旁边。我什么也没有看到。哪有

母亲

什么飞碟？我真恨你，却不能离你而去……我高高挥起马鞭，何止飞碟，这世上什么都可以轻易带走你！

妈妈，我们的马拉着我们，在雪的原野上奔驰。马蹄溅起的碎雪扑在脸上，漫天飞扬。我握着缰绳，紧裹大衣，迎风扬起马鞭……妈妈，我们要去的地方仍很遥远，你睡吧。妈妈，你总是那么年轻，蓝天从上方照耀着你。雪地中事物在经过你之后纷纷离你远去，远去后还在踮足遥望你。妈妈，你睡吧，我带你回家。我驾着马车，带你在空旷的原野中穿过重重拥挤的注视。妈妈，我最孤独。当你睡着时，我为你一次次掖好毛毯。当你醒来，发现已经到地方了。你起身就走，忘了回头看一眼陪你走过这一程的人是谁。

妈妈，我不是你所生的孩子吧？我只是我的命运所生的孩子吧？

你一站起身，就追逐你的飞碟而去了，忘了回头看一眼。我驾马拉着空车，继续在雪地上前行。这就是我的命运。我要带你回家。我要把很多年后的你带回家。因此我要去到很多年后。"很多年后"这个地方，遥远得让人落泪。

妈妈，飞碟去向的地方，马能不能追上？你的世界，马车能不能抵达？我赶着马慢慢地走，天空永远如此，大地永远如此。而你的归期一延再延。远方传来的消息都只与你的再一次启程有关。你和飞碟去到了多么遥远的地方啊！这些年来，我秘密地生活，随时准备消失。我和马儿慢慢前行，天空永远如此，大地永远如此。没有奇迹。还是没有奇迹。妈妈，我如此这般在无边雪地上驾马前行的情景，让最勇敢的人看到了，也会心生疲惫！

和你的奇迹相比，我总是太微弱了。当我还在你的子宫里的时候，就很弱很弱。我蜷着身子，缩得小得不能再小。我出生后，屏着呼吸长大，又矮又瘦。很多年里，你丝毫都感觉不到我的存在。

你总是头也不回，毫不犹豫。你总是只剩下背影，总是年轻又喜悦。然而后来，你还是决定要回家了。我赶着马车去接你，远远看到站台是茫茫雪野中的孤独小岛。长途车正慢慢离开。你孤零零站在站台上，像是已经等了几百年。你看到我了，你第一次向我高高挥起手臂。我忍不住快马加鞭，胸口翻腾着哭声，却不能开口说出一句话。直到我赶到你的近处。你疑惑地打量我，终于认出了我。

妈妈，哪怕我们已在归途了，你仍在期待另外的奇迹。我带着你艰难回家，像赶往最后的期限。你在车上睡了又醒，醒了又睡，始终面带微笑。你长久地凝望天空。在世界的极度明亮里，晴空和夜空毫无区别。连我也糊涂了，突然记不起何为明亮，何为深暗。只是太阳分明挂在天空一角。没有一朵云彩。妈妈，这样的旅途中，你梦境连连，一动不动。

马儿的速度却渐渐放慢，渐渐不愿前进，要发生什么事情了？我扭头看你。你不知何时已大大地睁开了眼睛。

母亲

妈妈，哪怕已在归途，你仍随时准备与我轻易地别离。当我远在童年之中，就曾远远地望着你追逐着飞碟，奔跑过雪的原野。直到我衰老时，仍远远望着你追逐不停，望着你遍野狂呼……只是妈妈，请记得我在等你……你的热烈的，你的美满的，你的一切我不能给你的，你去拿吧，只是不要忘记我在等你。你的每一次转身追逐而去，每一次似乎永远不再回来——只求你记着我的决心……

可此时……对不起，妈妈，我放弃了……

我看到飞碟了。

这个世界竭力想要告诉我们一些什么呢？我们不能理解，甚至不能揣测。妈妈，飞碟就在上空。在雪野的耀眼的白色之上，在天空深重浓烈的蓝色之下。妈妈，我亲眼看到它悬在世界正中央，有着确切的形象。我看着它慢慢降临，越来越大。看到它身后的天空蓝如深渊，看到它投下的阴影黑如深渊……我又去到那飞碟之上，回头望向留在大地上的自己，看到我的眼睛在深渊之中闪闪发光……妈妈，我仍然一生也不会相信，一生都不会承认！——我伸出手去触摸它……惊叫出声！但是又回去看你。妈妈，你又睡着了……

往下一路上，我再也叫不醒你了。我最孤独，无论发生了什么，都不能说给你听，指给你看。但是你睡梦中犹带微笑，使我终于哭出声来。一边哭，一边仰望上方的飞碟。它永不消失。我最孤独。马车缓缓前行，雪野无边无际……妈妈，你睡在你一生的飞碟之下，梦中也全是和它一同前去的情景。但是妈妈，被飞碟带走的却是我。妈妈，你的归途多么平凡。你也是孤独的。我和你一起闭上眼睛。接下来的道路仍旧漫长。马儿慢慢地走。所有进入我们眼睛的事物，在完全抵达我们内心之前，要跋涉的道路也同样漫长。妈妈，我们一起睡吧，让时间自己到来，再自己过去。马开始走向最后一段上坡路。一切疲惫不堪。这一次真的快要到家了。飞碟仍像歌声一样凌驾在我们睡眠的上空。这真的是一个奇迹的世界，尤其是我从没想到过你真的还会回来。

出自李娟：《走夜路请放声歌唱》

湖南文艺出版社2011年版